스님 바랑 속의 동화

스님 바랑 속의 동화

법정 스님에서 수불 스님까지 고승 14분의 뭇 생명 이야기

정찬주 글 / 정윤경 그림

(주)**다연**
DAYEONBOOK

뭇 생명에 대한 자비와 사랑 이야기

쪽동백나무의 작고 흰 꽃들이 별처럼 떨어져 있던 어느 이른 아침에 일어난 일이다. 아래 절에 새벽기도를 갔던 아내가 현관 문턱에서 비명을 질렀다. 서재에 앉았다가 나가 보니 현관에 딱새 한 마리가 혼절해 있었다. 아마도 현관 유리창에 비친 나무를 보고 날아왔다가 부딪친 것 같았다. 밖으로 옮기려고 앉는 순간 딱새가 날개를 한 번 파닥이더니 사랑채 용마루까지 날아갔다. 용케 살아 줘서 고마웠다. 1년에 한두 번씩은 개똥지빠귀가 현관 유리창에 비친 나무들이 그림자인 줄 모르고 날아왔다가 창문에 부딪히는 바람에 죽는 사고가 나곤했던 것이다. 서울 생활을 청산하고 낙향하여 산중 생활을 한 지가 벌써 21년째다. 이제는 작은 미물이라도 내 가족 같은 느낌이 들어 소중하기만 하다.

요즘 들어 아침마다 연못에 나가는데 꼬물거리는 올챙이들을 보기 위해서다. 연못이 말라 있으면 지하수라도 대 주어야 한다. 늦봄에는 날씨가 건조해서 연못물의 증발이 심하다. 올챙이들이 개구리로 성장할 때까지는 신경 쓰지 않을 수 없다. 올해도 돌담 너머 개울에 터를 잡아 살아갈 개구리들은 모두

내가 거처하는 이불재(耳佛齋) 연못에서 나간 녀석들이리라. 올챙이의 앞다리, 뒷다리가 빨리 나와 무사히 성장하기를 바라는데, 이것도 부모 마음이 아닐까 싶다.

　나같이 세속에 사는 사람도 집 안팎의 미물이 가족처럼 소중하게 느껴지는데, 산중에서 산승으로 평생을 사신 스님들의 뭇 생명 사랑은 더욱 곡진할 것 같다. 실제로 나는 다람쥐, 토끼, 박새, 멧돼지 등을 도반이듯 살뜰하게 보살피는 스님들을 산중 암자에 갈 때마다 뵈었다. 동물뿐만 아니라 억새나 개울가 바위에 낀 이끼나 오솔길을 불편하게 하는 나무 한 그루도 베지 않고 사랑하는 모습을 보며 내 영혼이 정화되는 느낌을 받곤 했다.

　내가 매주 한 번씩 산중 암자를 순례할 때는 40대에서 50대 사이였다. 그러니까 《스님 바랑 속의 동화》는 그때 대부분 써 놓은 원고이다. 10여 년 동안 출판사와 인연을 맺지 못하다가 지난 해동머리에 다연출판사로부터 제의를 받고는 개작, 첨삭했는데, 생각보다 출간이 빨리 이루어진 셈이다.

　이 책 1장 「스님 바랑에서 꺼낸 자비」는 법정 스님, 혜암 스님, 경봉 스님, 구산 스님, 혜국 스님의 뭇 생명에 대한 자비 이야기이고, 2장 「스님 바랑에서 꺼낸 사랑」은 성철 스님, 혜국 스님, 수월 스님, 경허 스님, 지장 스님의 뭇 생명에 대한 사랑 이야기이고, 3장 「스님 바랑에서 꺼낸 지혜」는 청담 스님, 구정 스님, 혜통 스님, 수불 스님의 뭇 생명에 대한 지혜 이야기이다.

한마디로 이 책은 성인동화 혹은 명상동화라고 할 수 있을 터이다. 생명동화라는 용어가 있다면 그것이 더 신산한 코로나 시대에 부합할 것 같다. 아무튼, 여러 의미를 담아 쓴 법정 스님에서 수불 스님까지 큰스님 열네 분의 자비와 사랑, 지혜에 관한 이야기다. 큰스님들이 내게 직접 하신 이야기이거나 큰스님을 모신 상좌스님들에게 들은 이야기가 대부분이므로 이와 같은 동화를 다시 쓰기는 어쩌면 불가능할 것 같다. 따라서 이 동화는 내 생애 처음이자 마지막이 될 것 같은 예감이 든다. 감히 고백하건대 스님들의 일화를 빌려 썼으므로, 즉 상상력의 날개를 달고 쓴 허구가 아니기에 이 동화의 사실적인 내용만큼은 유일무이하지 않을까 싶다.

생명을 경시하는 풍조가 만연해 가는 이 사막 같은 시대에

《스님 바랑 속의 동화》가 따뜻한 가슴을 회복하게 하는 영혼의 백신이 된다면 얼마나 좋을까. 식구들이 식탁에 둘러앉아 이 동화를 함께 읽음으로써 자비와 사랑, 지혜의 싹이 자라나는 계기가 된다면 더 바랄 게 없을 듯하다. 일흔 줄에 들어선 문단 말석의 작가로서 이 같은 소망을 과분하게 가져 보는데, 내가 이 책을 발간하는 이유가 굳이 있다면 바로 그것이다.

이불재 앞뜰, 뒤뜰에는 늦봄의 꽃들이 만개해 있다. 함박꽃은 붉은 함박웃음을, 창포 꽃은 노란 너털웃음을, 자주달개비 꽃은 보랏빛 수줍은 웃음을, 뒤뜰의 장미꽃은 고혹적인 눈웃음을 보내고 있다. 이불재를 찾는 손님뿐만 아니라 이 책을 읽는 독자분에게 선사하고 싶은 이불재 식구들의 웃음이다. 더불어 글이 표현하지 못한 부분을 정겨운 선과 색의 그림으로 채워준 정윤경 일러스트레이터와 정성을 다해 편집해준 다연출판사 여러분과도 이불재 늦봄의 양명한 풍경을 함께 누리고 싶다.

2021년 늦봄 이불재에서
벽록 정찬주

목
차

1장 스님 바랑에서 꺼낸 자비

법정 스님이 휘파람을 불면
호반새는 오동나무 구멍에서 나와 묘기를 부렸습니다.
허공에서 춤추듯 공중제비를 했습니다.

1장

스님 바랑에서 꺼낸 자비

법정 스님 · 혜암 스님 · 경봉 스님 · 구산 스님 · 혜국 스님

작은 산짐승 친구들

법정 스님의 바랑

　　효봉 스님은 구산 스님의 스승이자 법정 스님의 스승이기도 합니다. 법정 스님에게 제가 직접 들은 얘기인데, 효봉 스님은 시간을 어기는 사람을 제일 싫어했다고 합니다.

　법정 스님이 지리산 쌍계사 탑전(塔殿)에서 효봉 스님을 모시고 살 때의 일입니다. 하루는 법정 스님이 구례읍에 선 장에 들렀다가 오느라고 저녁 공양 시간을 넘긴 적이 있었답니다. 탑전에서 구례 장까지는 80리 길이었고, 그 무렵에는 버스가 없어 걸어 다녔다고 합니다.

　법정 스님은 마음이 급해졌습니다. 효봉 스님과 약속한 저녁 공양 시간을 어겼기 때문입니다. 법정 스님은 탑전으로 들어서자마자 부랴부랴 공양간(부엌)으로 달려가 저녁을 준비하려고 했습니다. 표주박을 들고 항아리에서 쌀을 꺼내어 샘물에 막 씻으려던 그때였습니다.

효봉 스님이 법정 스님의 행동을 지켜보다가 나지막이 한마디 했습니다.

"무엇 하려고 이제야 허둥대느냐?"

"큰스님, 늦었지만 저녁 공양을 지으려고 합니다."

"됐다. 그만두어라."

"네?"

"공양 시간이 지났으니 오늘은 너도나도 굶자꾸나."

법정 스님은 당황하여 어쩔 줄 몰라 했습니다. 스승을 빈틈없이 잘 모시려고 했는데 자신이 시간을 어겨 그러지 못했기 때문이었습니다. 이후 법정 스님은 타인에게는 물론이고 스스로에게 다짐한 약속 시각을 철저하게 지켰다고 합니다. 그 스승에 그 제자란 말은 이런 경우를 두고 하는 말이지요.

호반새 이야기는 법정 스님이 강원도 산골로 가기 전, 불일암에 사실 때의 사연입니다. 불일암을 글로 표현하자면 이렇게 생긴 암자랍니다.

법정 스님이 머무셨던 암자는 아담한 세 칸 기와집이고 오른편 마당 너머 산등성이에는 자정국사 탑이 있습니다. 왼편 부엌 옆에는 장작더미가 두부모처럼 반듯하게 쌓여 있고, 앞마당에는 잎이 어른 손바닥만 한 후박나무 한 그루가 있지요. 또 계단 아래에는 조그만 텃밭과 태산목 한 그루, 방 한 칸과 부엌 한 칸짜리 사랑채가 있고 오래된 오동나무 그늘에는 작은 화장실이 있답니다. 대숲은 담처럼 암자 앞 산자락을 감싸고 있고요.

호반새는 고목이 된 오동나무에 살고 있었습니다. 호반새는 먹이를 구하기 위해 낮에는 주암 저수지까지 날아갔다가 저녁이면 오동나무 구멍으로 돌아와 잠을 자곤 했습니다. 오동나무 구멍이 바로 호반새의 집이었던 것입니다. 오동나무 구멍은 호반새가 부리로 쪼았는지, 아니면 오동나무가 스스로 만들어 주었는지는 알 수 없었습니다.

　　법정 스님은 휘파람을 잘 부셨습니다. 혼자 새벽 예불을 끝내고 나서 기분이 상쾌해지는 아침이면 휘파람을 곧잘 불곤 하셨습니다.

　　처엉산에 살으리랏다아……
　　처엉산에 살으리랏다아……

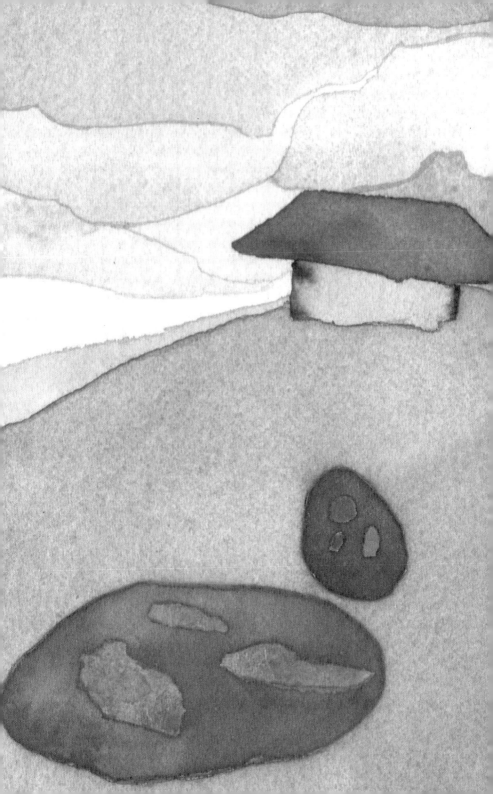

휘파람을 부는 장소는 사랑채 앞에 있는 나이배기 오동나무 밑에서였습니다. 밤이슬에 어깨를 움츠렸던 대나무들이 골바람을 만나 서걱거리면 오동나무 구멍에서 깃을 접고 있던 호반새도 잠에서 깨어났습니다.

스님이 휘파람을 불면 호반새는 오동나무 구멍에서 나와 묘기를 부렸습니다. 처음에는 암자를 한 바퀴 돌지요. 그런 뒤 허공에서 춤추듯 공중제비를 하였습니다. 호반새가 스님의 휘파람 소리를 듣고 기분이 좋아져 한껏 개인기를 뽐냈던 것입니다.

물론 지금의 불일암에는 호반새가 살지 않습니다. 스님이 강원도로 떠나시고 난 뒤부터 호반새도 어디론가 이사가 버렸던 것입니다. 스님의 휘파람 소리를 듣지 못하게 된 호반새만 사라진 것이 아닙니다.

변한 것이 또 있습니다. 오동나무 구멍도 어느 날 사라지고 말았습니다. 호반새가 날아오지 않는 동안 오동나무가 자신의 새살로 구멍을 메워 버린 것입니다. 그러나 스님이 불일암으로 다시 돌아와 휘파람을 불면 호반새가 예전처럼 돌아올지도 모릅니다. 호반새가 다시 날아와 오동나무에 둥지를 틀 수도 있으니까요.

암자 주위에는 법정 스님과 인연을 맺은 꿩도 살았습니다. 스님이 외출했다가 돌아오면 뜰에 있던 꿩들은 반가운 듯 스님 발밑으로 다가와 종종걸음을 했습니다. 박새는 아예 불일암 처마 밑에 엉성하게나마 둥지를 만들었습니다. 알에서 깨어난 지 얼마 안 된 어린 새끼가 둥지에서 땅바닥으로 떨어져 스님의 애간장을 태우기도 했습니다. 결국 그 어린 박새는 스님의 보살핌으로 보름 만에 생기를 되찾아 분가해 날아갔지만 말입니다.

지리산의 한 암자에서 사실 때는 쥐와도 함께 살았습니다. 그 암자 뒤꼍에는 조그만 헌식돌이 있었습니다. 헌식이란 스님의 밥과 반찬을 조금씩 떼어 산짐승들과 나누어 먹는 행위를 말합니다. 법정 스님은 암자 뒤꼍에 있는 헌식돌에 끼니때마다 한두 숟가락씩 밥과 반찬을 놓곤 했습니다.

그러면 새나 다람쥐, 산토끼와 쥐 등이 슬금슬금 기어 나와 먹곤 했습니다. 쥐는 마지막에 나타나서 헌식돌이 말끔해지도록 설거지하듯 찌꺼기를 먹어 치웠습니다. 법정 스님은 반들반들해진 헌식돌을 보면서 쥐를 설거지 담당이라고 생각했습니다. 쥐보다 잘생긴 부모를 만난 것 같은 앙증맞은 다람쥐는 가끔 밥값을 했습니다. 스님이 늦잠을 자면 방문을 다다닥다다닥 긁어 주었던 것입니다. 도회지 잠꾸러기들의 알람시계처럼 말입니다. 스님이 느끼기에는 작은 산짐승 중에서 쥐가 가장 안쓰러웠습니다. 잿빛의 칙칙한 외모로 인해 사람들이 선뜻 마음을 주지 않았기 때문입니다. 쥐 역시 검정콩 같은 눈을 반짝이며 늘 사람을 경계하는 것 같았습니다.

어느 날 스님은 쥐를 보고 이렇게 말했습니다.

"다음 생에는 쥐의 탈을 벗고 다른 생명으로 태어나렴."

그런데 믿어지지 않는 일이 일어났습니다. 그 말을 한 다음 날이었습니다. 또 헌식을 하려고 암자 뒤꼍으로 갔는데, 헌식 돌 옆에 쥐가 죽어 있는 것이었습니다. 순간, 스님은 '쥐의 탈을 벗어라'는 자신의 말을 듣고 쥐가 죽은 것으로 여겨졌습니다.

"아! 말귀를 알아듣는 쥐였구나."

스님은 쥐를 위해 그 자리에서 두 손을 모았습니다. 다음 생에는 쥐의 탈을 벗고 귀한 모습의 생명으로 태어나기를 기도했습니다.

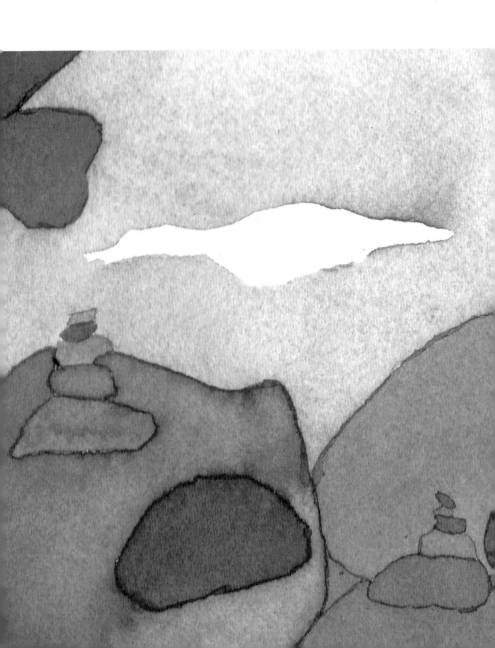

여러분, 그 쥐는 무슨 몸으로 다시 태어났을까요? 스님의
말귀를 알아듣는 쥐인 것으로 보아 영리한 생명으로 태어나
지 않았을까 생각합니다만 아무도 알 수 없는 일이지요.

배고픈 스님을 위로하는 산짐승들

혜암 스님의 바랑

1978년 초겨울이었습니다. 다섯 명의 젊은 스님들이 지리산 자락에 있는 상무주암을 찾아갔습니다. 상무주암은 지리산 천왕봉과 반야봉이 보이는 높은 곳에 자리한 암자였습니다. 그곳에는 오십 대 후반쯤 되는 키가 작달막하고 마른 체구의 혜암 스님이 정진하고 계셨습니다. 혜암 스님은 참선 공부를 하겠다고 상무주암으로 올라온 다섯 명의 젊은 스님들을 맞아들였습니다. 둘은 혜암 스님의 제자였고, 나머지 셋은 혜암 스님을 흠모하고 존경해서 찾아온 젊은 스님들이었습니다. 혜암 스님의 제자는 열아홉 살의 정견 스님, 서른한 살의 여연 스님이었습니다.

혜암 스님이 참선 공부를 하는 스님들에게 존경받는 이유는 남이 따라 할 수 없을 만큼 정진을 잘하기 때문이었습니다. 밥 먹는 시간이 아까워서 하루에 한 끼만 드시고, 밤에는 앉아서 잠깐 졸 뿐 방바닥에 등을 대는 일이 없었습니다. 해인사에서 스님이 된 이후 단 하루도 어긴 일이 없었습니다. 그러니 젊은 스님들이 혜암 스님의 가르침을 받겠다고 모여들곤 했습니다. 한편으로는 그런 이유로 혜암 스님과 함께 살기란 여간 힘든 일이 아니었습니다. 그래도 다섯 명의 젊은 스님들은 용기를 내어 상무주암에서 정진을 시작했습니다.

다행히 혜암 스님은 다섯 명의 젊은 스님들에게 하루에 세 끼씩 먹는 것을 허락했습니다. 곡식이 든 창고 열쇠도 제자에게 주었습니다. 끼니때마다 알아서 곡식을 내어 와 밥을 지으라는 것이었습니다. 한 젊은 스님이 말했습니다.

"산 밑에서 들기로는 상무주암을 가면 하루 한 끼밖에 먹지 못한다고 들었는데, 와서 보니 소문과 다르네요."

"나도 그런 생각이 들어 사실은 겁을 좀 먹었어요. 아이고,

이제 안심하고 정진해도 되겠네요."

다른 젊은 스님들도 안도하는 얼굴이었습니다. 사실 젊은 스님들이 가장 참기 힘든 것은 배고픔과 잠이었습니다.

그러나 젊은 스님들의 기대는 보름 만에 무너졌습니다. 눈이 내리는 날이었습니다. 소나무 가지마다 눈꽃이 하얗게 핀 새벽이었습니다. 혜암 스님께서 어깨에 쌓인 눈을 털면서 방에 들어와 다섯 명의 젊은 스님들을 불러 앉혔습니다. 아직 잠에서 덜 깬 한 젊은 스님이 물었습니다.

"큰스님, 어디 갔다가 오셨습니까?"

"내가 이 암자를 벗어난 것을 본 적이 있느냐?"

"없습니다."

"그럼, 됐다."

젊은 스님이 머리를 긁적이며 말했습니다.

"큰스님께서 눈을 잔뜩 뒤집어쓰고 계셔서 여쭈었습니다."

"나는 밤새 자지 않는 사람이다. 그냥 자지 않고 있으면 뭐

하겠느냐? 눈이 오는 날에는 눈이라도 쓸어야 밥값을 하지."

상무주암 오르는 산길에 쌓인 눈을 밤새 쓸었다는 말이었습니다. 젊은 스님들이 단잠을 자는 동안에 혜암 스님은 싸리 빗자루를 들고 눈을 쓸었던 것입니다. 싸리 빗자루는 혜암 스님이 지난가을에 싸리나무를 꺾어다가 엮어 만든 것인데, 빗자루 크기 역시 혜암 스님 키만 했습니다.

"죄송합니다. 앞으로는 저희가 쓸겠습니다."

"미안해할 것 없다. 너희들은 참선 공부나 잘해라. 그저 눈만 뜨면 화두를 들고 공부하란 말이다. 빗자루는 내 친구나 다름없다. 내가 스님이 되기 전에도 우리 마을에 눈이 쌓이면 아랫마을, 윗마을 가리지 않고 내가 나서서 다 쓸곤 했다. 멀리 소문이 날 정도였어. 어찌나 빨리 쓰는지 혜암이 빗자루를 타고 날아다닌다는 소문이 돌았지. 하하하."

"그런데 큰스님, 저희가 무슨 잘못을 저지른 것입니까? 새벽에 모이라는 일은 처음입니다."

"잘못해서 부른 것이 아니다. 오늘부터는 하루에 두 끼만 먹도록 해라. 곡식이 아까워서 그런 것이 아니다. 한 끼 공양하는 시간에 참선 공부하는 것이 더 좋지 않겠느냐?"

젊은 스님들은 아무도 대꾸를 못 했습니다. 공양하는 시간에 참선 공부를 하라니 할 말이 없었습니다. 자신들이 상무주암에 올라온 것은 참선 공부를 하러 왔기 때문입니다.

두 끼는 견딜 수 있을 것 같았습니다. 오전 공양과 점심 공양을 한 번에 하고 저녁 공양을 하는 것이니 참지 못할 정도는 아니었습니다. 산새나 다람쥐들에게 주는 헌식도 부담스럽지 않았습니다. 산짐승과 나눠 먹는 헌식은 젊은 스님들이 돌아가면서 자기 몫의 먹거리에서 떼어 주기로 했습니다.

"헌식은 돌아가면서 합시다."

"선배님, 제가 먼저 하겠습니다."

"후배님, 헌식은 선배가 먼저 하는 것이 도리입니다."

선배 스님이 후배 스님을 생각해서 그렇게 말했습니다. 어쨌든 딱새나 다람쥐들에게 먹이를 주면서 시간을 함께 보내는 것은 즐거운 일이었습니다. 의심이 없는 어린 딱새는 젊은 스님의 손바닥에 날아와 앉기도 했고, 다람쥐는 한 바퀴 공중 제비를 돌면서 개인기를 보여 주기도 했습니다. 어떤 날은 혜암 스님이 그런 모습을 보면서 미소를 짓기도 했습니다.

"내 은사는 인곡 스님이지. 어찌나 자비로우신지 은사 스님께서 산길을 지나갈 때는 까치나 까마귀가 은사 스님의 어깨에 앉곤 했어. 조석으로 헌식하시는 은사 스님을 날짐승들도 기억하고 있었던 게지."

젊은 스님들은 혜암 스님의 말을 반신반의하면서도 믿었습니다. 헌식할 때마다 암자로 찾아오는 다람쥐나 산새를 보면 틀림없을 것 같았습니다. 특히 어린 딱새나 다람쥐는 젊은 스님들에게 더욱 친근하게 다가왔습니다. 의심이 많은 개똥지빠귀나 청설모 등은 좀체 가까이 다가오지 않았습니다. 그러니 어깨에 까치나 까마귀가 앉았다는 인곡 스님은 자비로운 분임이 틀림없었습니다.

어느 날부터는 헌식돌에 길고양이도 살금살금 나타났습니다. 그런데 젊은 스님들에게 길고양이는 반갑지 않은 산짐승이었습니다. 길고양이가 나타난 날부터 혜암 스님이 하루에 한 끼만 먹으면서 정진하자고 말했기 때문입니다.

"두 끼를 먹은 지 보름이 지났다. 그러니 이제 한 끼만 먹어도 몸이 이겨낼 것이다. 먹는 밥의 양을 세 끼에서 두 끼, 다시 한 끼로 줄이는 것이니 몸도 적응하지 않겠느냐? 그러니 한 끼만으로 정진해 보자."

"큰스님, 꼭 그렇게 해야만 합니까?"

"내 공부 방식은 밥을 적게 먹는 것이다. 밥을 적게 먹으면 이익이 많지. 첫째는 잠이 덜 와서 머리가 맑아 좋고, 둘째는 배가 고프니 잡스러운 생각이 나지 않아서 좋다."

"큰스님, 저희는 참선을 공부하러 왔지, 굶으려고 암자에 온 것이 아닙니다."

"그래? 그렇다면 여기서 내려가면 되지 않겠느냐? 세 끼 주는 절이 많으니 그곳으로 가거라. 이 세상에는 배고파 우는 가난한 사람들이 얼마나 많으냐. 명색이 수행자라고 하는 우리가 한 끼쯤 못 먹는다고 불평해서야 쓰겠느냐?"

다섯 명의 젊은 스님들은 또다시 울며 겨자 먹듯 혜암 스님의 지시를 따랐습니다. 그러나 한 끼만 먹고 하루를 견디기는 참으로 힘들었습니다. 배 속에서 하루 종일 꼬르륵꼬르륵 소리가 났습니다. 혜암 스님이 길고양이에게 주먹밥 주는 모습을 보면 화가 나기까지 했습니다. 불평을 자주 하던 젊은 스님이 하루는 혜암 스님에게 대들었습니다.

"큰스님, 제가 고양이보다 못한 사람입니까?"

"화를 내는 너를 보니 고양이보다 못하다는 생각이 드는구나. 고양이는 나에게 화를 낸 적이 없거든."

"고양이를 저희보다 더 생각하시는 것 같습니다."

"고양이나 사람이나 목숨값은 같지. 내가 그렇게 생각한 것은 오래됐어. 내가 스님 되려고 집을 떠날 때 고양이가 나를 한참을 따라오더라."

"고양이하고 어떤 인연이 있었는데요?"

"동네 청소할 때 내가 밥을 준 길고양이였어. 짐승도 자기를 위해 준 사람을 알더라. 나를 따라오면서 야옹야옹하고 울더구나."

혜암 스님의 말에 또다시 젊은 스님들은 기가 죽었습니다. 은혜를 아는 고양이라면 혜암 스님이 주는 주먹밥을 먹을 자격이 있을 것 같았습니다. 더구나 고양이나 사람의 목숨값이 같다고 하니 할 말이 더더욱 없었습니다.

젊은 스님들은 고양이를 부러워하는 대신 꾀를 냈습니다. 하루는 가장 나이 어린 스님이 공양주, 즉 식사 당번을 할 때였습니다. 젊은 스님들이 나이 어린 그 스님에게 밥을 평소보다 많이 해 두었다가 산으로 가져가서 혜암 스님 몰래 먹자고 모의했습니다.

"하루 한 끼만 먹다 보니 배고파 죽겠네. 힘이 없으니 앉아 있을 수가 없다니까."

"그럼, 공양주가 밥을 많이 해두었다가 산으로 가져가 먹으면 어떨까?"

"큰스님께서 곡식 창고를 보면 금세 탄로가 날 텐데."

"아이고, 큰스님께서 쩨쩨하게 곡식 창고까지 검사하겠어? 모르실 거야."

나이 어린 스님은 선배 스님들의 권유대로 곡식 창고에서 쌀을 평소보다 많이 꺼내 밥을 지었습니다. 그런 뒤 바구니에 주먹밥을 담아 암자 뒤 산속으로 빼돌렸습니다. 그런 뒤 아침 겸 점심으로 한 끼를 먹은 뒤 큰방에 들어 참선 정진을 했습니다. 젊은 스님들은 모두 몸을 푸는 포행 시간을 기다렸습니다. 절에서는 휴식 시간을 포행 시간이라고 불렀습니다. 이윽고 포행 시간이 되어 너도나도 밥을 숨겨 둔 산속으로 들어갔습니다.

바구니에는 주먹밥이 고스란히 들어 있었습니다. 젊은 스님들은 한 개씩 입에 물었습니다. 비록 얼어붙은 찬밥이었지만 입안에 들어가니 꿀맛으로 변했습니다.

그때였습니다.

길고양이가 야옹야옹 다가와 울었습니다. 길고양이가 주먹밥은 자기 것이라는 듯 날카롭게 울어 댔습니다.

길고양이 울음소리에 혜암 스님이 달려왔습니다. 길고양이가 큰 산짐승에게 위협을 느끼는 줄 알고 달려왔던 것입니다. 젊은 스님들이 주먹밥을 먹는 모습을 본 혜암 스님은 말없이 돌아서 암자로 가 버렸습니다.

젊은 스님들도 혜암 스님을 뒤쫓아 갔습니다. 나이 어린 스님이 먼저 무릎을 꿇고 빌었습니다.

"큰스님을 속이고 밥을 더 지었습니다."

"너희들은 공부하러 왔다가 거짓말만 익히고 있구나!"

"창고 열쇠를 내게 다오."

"용서해 주십시오."

"용서해 주지. 나하고 약속을 하나 하면 용서해 주지."

혜암 스님의 입에서 용서란 말이 나오자마자 모두가 "예" 하고 대답했습니다. 혜암 스님이 말했습니다.

"이 창고 열쇠는 잃어버렸다고 생각해라."

"큰스님, 무슨 말씀입니까?"

"오늘부터는 너희들이나 나나 단식을 하잔 말이다."

다섯 명 중에서 나이가 가장 많은 스님이 억울해하면서 말했습니다.

"한 끼도 먹지 말라는 말씀입니까?"

"수행자가 거짓말한 죄가 얼마나 큰지 모르겠느냐? 너희들은 한 끼 먹을 자격도 없어."

나이 많은 스님은 순간 혜암 스님이 눈앞에서 사라져 버렸으면 하는 마음마저 들었습니다. 수행하러 왔다가 굶어 죽을 수도 있겠구나 싶어서였습니다. 실제로 상무주암 마당 끝은 천길 벼랑이었습니다. 그때 뒤에서 한 젊은 스님이 볼멘소리로 물었습니다.

"큰스님, 단식하는 기간은요?"

"한 달 할까, 20일 할까?"

누구랄 것도 없이 모두가 하나같이 대답했습니다.

"20일이요!"

"한 달이든 20일이든 참선 공부를 하다 죽은 사람을 나는 아직 보지 못했다."

혜암 스님은 곧잘 "공부하다 죽어라"라고 제자들에게 말했는데, 그 말의 속뜻은 '참선 공부를 하다 죽은 사람 아직 보지 못했다'는 것이었습니다. 조금 전부터 억울해하던 스님이 혼잣말로 중얼거렸습니다.

"그놈의 길고양이 때문에 졸지에 단식하게 됐네."

혜암 스님이 그 소리를 듣고는 한마디 했습니다.

"고양이를 탓하지 마라. 고양이 때문에 너희는 용맹정진하게 됐다. 그러니 고양이에게 고마워해라."

용맹정진이란 평소보다 더욱 강도를 높여서 하는 정진을 뜻했습니다. 단식은 물론 잠도 자지 않는 것이 용맹정진이었습니다. 그러니 용맹정진을 하고 난 스님들의 모습은 달라지기 마련이었습니다. 눈은 가을의 논물처럼 맑아지고 얼굴에서는 법당의 향로처럼 빛이 났습니다. 수행자로서 당당한 기품이 생겨났습니다.

젊은 스님 다섯은 그해 겨울을 그렇게 났습니다. 세 끼 15일, 두 끼 15일, 한 끼 15일, 단식 20일 순으로 한 단계씩 강도를 높여 가면서 혜암 스님과 함께 그해 겨울을 정진했던 것입니다.

콩밭의 허수아비를 먹어 치운 소

경봉 스님의 바랑

우리나라가 해방된 해였습니다. 오십 대 중반의 경봉 스님은 여러 절과 암자를 돌아다니다가 한겨울 정월에 통도사 극락암으로 와서 머물렀습니다. 경봉 스님이 극락암에 살게 되자, 제자인 법인 스님도 스승을 모시려고 찾아왔습니다. 통도사에서 머리를 깎은 어린 스님도 두어 명 극락암에서 살기를 원했습니다. 극락암은 오랜만에 활기가 돌았습니다. 그동안에는 일본 형사의 눈을 피해 극락암을 떠나 있었던 것입니다.

경봉 스님은 스님들이 살고자 하는 대로 다 받아들여야 한다고 생각했습니다. 그러나 법인 스님은 걱정이 컸습니다. 신도들의 보시가 미미한 암자에서 여러 스님이 살아갈 만큼 살림살이가 넉넉하지 못했기 때문입니다. 쌀독은 이미 바닥이 드러나 있었습니다. 보리나 붉은 수수, 고구마, 감자가 잡곡 창고에 남아 있을 뿐이었습니다.

"스님, 가르침을 받으려고 수행자들이 오겠다고 줄을 섰습니다."

"절이란 스님들이 수행하는 곳이니 다 받아들여야지, 무엇이 문제란 말인가."

"쌀이 간당간당해서 탈입니다."

"우리가 수행자답게 살면 하늘이 도와주고 땅이 도와줄 거네."

"어떻게 하늘과 땅이 도와준단 말씀입니까?"

경봉 스님이 손가락으로 극락암 앞의 산자락을 가리키며 말했습니다.

"하늘과 땅은 땀을 흘리는 사람만 도와준다네. 그러니 저 산자락을 개간해서 콩밭으로 만들어 보게. 가을에 수확해서 콩을 쌀로 바꾸면 되지 않겠는가."

법인 스님은 어린 스님들을 데리고 나가 억새와 도토리나무를 뽑고 난 뒤 괭이질을 했습니다. 날마다 한 뙈기씩 밭이 늘어 갔습니다. 며칠 후 산자락을 따라 길쭉한 콩밭이 다 일궈지자, 경봉 스님이 법인 스님에게 외출을 나가자고 말했습니다.

"나하고 어디 좀 다녀오세."

"내원암에 가시렵니까?"

천성산 자락에 있는 내원암은 경봉 스님이 법문을 하러 다니는 여승들이 사는 비구니스님의 암자였습니다.

"아니네. 양산 장에 가세."

"필요한 것이 있습니까? 제가 대신 다녀오겠습니다."

"내가 직접 보고 나서 데리고 와야 하네."

"무엇을 데리고 온단 말입니까?"

"소 한 마리를 구하려고 하네."

"스님, 암자에서 소를 키운단 말입니까?"

"밭을 더 많이 일구려면 소가 필요해."

법인 스님은 더 묻지 못한 채 경봉 스님을 따라나섰습니다. 통도사에서 양산 장까지는 한나절 거리였습니다. 경봉 스님은 길을 걸으면서도 법인 스님에게 법문을 했습니다. 경봉 스님보다 아홉 살 아래인 법인 스님은 스승의 법문을 공손하게 들었습니다. 경봉 스님의 가르침을 한마디도 놓치지 않으려고 애를 썼습니다.

　"법인은 부처님께 올리는 마지를 어떻게 짓는가?"

　마지란 법당 부처님께 올리는 밥을 뜻했습니다.

　"살림살이가 나아질 때까지는 쌀에 보리를 섞을 생각입니다."

　"그래?"

　"제가 틀렸습니까? 말씀해 주십시오."

　"법인이 살림살이를 걱정하는 것은 좋지만, 하늘과 땅의 스승이신 부처님께 올리는 마지에는 정성을 다해야 하네."

"어떻게 하는 것이 정성을 다하는 것입니까?"

"부처님 마지에는 보리를 넣지 말게. 우리가 보리밥을 먹으면 되지 않겠는가."

"보리도 사람이 먹는 곡식입니다. 그런데 왜 부처님께 올리지 못한다는 말씀입니까?"

"그렇지. 보리도 사람이 먹는 곡식이지. 그런데 보리는 사람 똥을 주어서 자라게 하거든."

"아, 그래서 옛날부터 스님들이 마지에 보리를 넣지 않았군요. 이제야 알겠습니다."

양산 장 한쪽에는 소를 사고파는 우시장이 열려 시끌벅적했습니다. 스님들이 우시장으로 들어서자 소장수들이 웃으며 다가왔습니다.

"스님, 절에서도 소를 키우십니까?"

"이 암소 어떻습니까? 반반한 등짝 한번 보십시오. 조금만 더 크면 일을 매우 잘할 겁니다. 송아지도 낳을 것이니 절대로

048

손해 볼 일이 없습니다."

송아지를 낳게 되면 본전을 뽑을 거라는 소장수의 말이었습니다. 그때 저만치서 한 아이가 슬피 우는 모습이 경봉 스님의 눈에 띄었습니다. 경봉 스님이 아이에게 다가가 물었습니다.

"어째서 울고 있느냐?"

"이 소는 제가 여태껏 풀을 먹였어요. 근데 노름빚을 진 우리 아버지가 소장수 아저씨에게 팔아 버렸어요."

아이가 울먹거리며 경봉 스님에게 바짝 다가왔습니다. 그러자 소장수가 파리 쫓듯 손을 휘휘 내저으며 아이에게 소리쳤습니다.

"이놈아, 이 소는 이제 내 것이다. 네 아비가 나에게 팔았어."

"아버지는 팔았어도 저는 팔지 않았어요. 이 소는 내 친구예요."

"어허! 이놈이 버릇없이 생떼를 쓰는구나."

　팔린 암소가 아이를 보더니 '음매음매' 하고 구슬픈 소리를 냈습니다. 소의 큰 눈가에는 눈물이 고였습니다. 소의 눈물을 본 아이가 소에게 달려가 목을 껴안았습니다. 경봉 스님이 아이에게 말했습니다.

　"아이야, 이 소를 내가 살 테니 보고 싶으면 우리 절에 네가 오면 되지 않겠느냐?"

　"대자대비하신 큰스님, 그러면 저도 좋고 아이도 좋겠습니다."

　소장수는 소를 얼른 팔 욕심으로 아이를 위하는 척했습니다. 아이가 고개를 끄덕였습니다. 결국 경봉 스님은 튼튼한 황소를 고를 생각은 포기한 채 그 작은 암소를 사고 말았습니다. 그래야 아이 마음이 놓일 것 같아서였습니다.

　소고삐는 아이가 잡았습니다. 아이는 경봉 스님을 따라 산길을 걸었습니다. 법인 스님이 뒤따라오면서 경봉 스님에게 물었습니다.

"스님, 튼튼한 황소를 놔두고 어째서 이 조그만 암소를 사셨습니까?"

"아이가 좋아하니 됐다. 무엇을 더 생각하겠느냐?"

"밭을 일구려면 튼튼한 황소가 필요하지 않습니까?"

"법인아, 부처님이 계신다면 어떻게 행동하시겠느냐? 황소를 사서 밭을 일구시겠느냐, 암소를 사서 아이를 기쁘게 하겠느냐?"

"아이를 기쁘게 하겠습니다."

"아이를 기쁘게 하는 것이 극락에 가는 길이다."

경봉 스님의 이 한마디에 법인 스님은 크게 깨달았습니다. 극락암으로 돌아온 아이는 집에 갈 생각을 하지 않았습니다. 아이의 아버지가 찾아와 데리고 가려 했지만 아이는 암소와 함께 살겠다고 말했습니다. 하는 수 없이 아이 아버지는 극락 암을 떠났고 아이는 머리를 깎고 동자승이 되었습니다. 동자 승은 암소에게 풀을 먹이는 일만 했습니다. 경봉 스님은 아이 에게 아무 일도 시키지 않았습니다.

"너는 소만 키우면 된다."

암소는 겨울을 나면서 무럭무럭 자랐습니다. 어느새 황소 처럼 힘이 세졌습니다. 아이가 산속을 다니면서 부지런히 마 른풀을 구해 와서 먹인 덕분이었습니다. 봄이 되자 소는 개간 한 콩밭을 갈았습니다. 젊은 스님들이 일하는 몫보다 몇 배를 더 했습니다.

하늘에 구름장이 몰려와 봄비를 뿌리려고 했습니다. 경봉 스님은 젊은 스님들을 모두 불러 모았습니다. 법인 스님은 바구니에 담아 온 콩을 젊은 스님들에게 나누어 주었습니다. 젊은 스님들은 콩알을 한 줌씩 호주머니에 넣었습니다. 콩밭 두둑에 묻을 콩알이었습니다. 동자승은 밭을 가느라고 힘들었던 암소의 등을 쓰다듬어 주고 있었습니다. 경봉 스님이 말했습니다.

"콩알은 대여섯 개씩 묻어라. 너무 깊이 묻지 말고 콩알이 보일락 말락 하게 살짝 흙을 덮거라."

동자승이 물었습니다. 동자승은 경봉 스님만 보면 묻고 싶은 것이 많았습니다.

"큰스님, 아까운 콩알을 왜 대여섯 개씩 묻습니까?"

"산비둘기나 꿩이 먹을 것까지 묻는 거지. 산비둘기나 꿩이 콩알을 보면 얼마나 먹고 싶겠느냐. 아무리 아까운 콩알이라 하더라도 나눠 먹을 줄 알아야 수행자라고 할 수 있어."

"산비둘기나 꿩이 전부 다 파먹지 않을까요? 큰스님."

"욕심은 사람이 많지, 산비둘기나 꿩은 콩알을 다 먹지 않아. 콩알은 한 곳에 한두 개만 있어야 더 잘 자라는 법이야. 콩잎이 무성하면 콩은 많이 열리지 않거든."

밀양에서 태어나 농사를 지어본 경봉 스님은 모르는 일이 없었습니다. 수행만 잘하는 것이 아니었습니다. 그러니 젊은 스님들이 경봉 스님 앞에서 고개를 숙이지 않을 수 없었습니다.

봄비를 맞은 콩알은 며칠 뒤 싹이 텄습니다. 그러자 산비둘기나 꿩들이 더는 콩밭으로 날아오지 않았습니다. 콩잎이 콩밭을 파랗게 덮자, 이제는 암자에서 키우는 소가 말썽을 부렸습니다. 동자승이 한눈을 판 사이에 소가 콩밭으로 들어가 한

쪽 이랑을 덮은 콩잎을 먹어 치운 것입니다.

법인 스님은 경봉 스님이 알까 봐 조마조마했습니다. 젊은 스님들도 간이 콩알만 해졌습니다. 동자승은 아예 징징 울고 다녔습니다. 법인 스님은 젊은 스님들에게 말했습니다.

"이 일을 어찌하면 좋겠소?"

"큰스님께 솔직하게 말씀드려야지요."

"그래요. 숨길 일이 아니오. 누가 말씀을 드리겠소?"

아무도 선뜻 나서지 않았습니다. 할 수 없이 법인 스님이 경봉 스님 방으로 들어가 털어놓았습니다.

"스님, 소가 콩밭으로 들어가 한쪽 이랑의 콩잎을 다 뜯어 먹어 버렸습니다."

"허허허. 그래도 한 이랑만 뜯어 먹었다니 다행이구먼."

뜻밖에도 경봉 스님은 야단을 치지 않았습니다. 마치 콩잎을 뜯어 먹은 소 편을 드는 것 같았습니다.

"소가 잘 먹었으면 됐네. 어찌하겠는가."

"앞으로는 소를 잘 단속하겠습니다."

"콩깍지 안에 콩알이 들게 되면 소보다는 산비둘기나 꿩들을 지켜야 해."

경봉 스님의 말씀은 지혜로웠습니다. 콩이 여물면 산비둘기나 꿩들이 날아와 먹어 치울지도 모르기 때문이었습니다.

"스님, 동자승에게 콩밭을 지키게 할까요?"

"소는 누가 보고?"

"그럼, 젊은 스님들이 돌아가면서 보게 할까요?"

"젊은 스님들도 하고 싶은 공부를 해야지."

경봉 스님이 말한 공부란 염불이나 참선, 경전 읽기나 기도 등이었습니다. 경봉 스님은 무엇을 강요하지 않고 자신에게 맞는 공부를 하라고 당부했습니다.

"방법이 하나 있네. 법인은 내 말대로 하게."

"스님께서 말씀하신 대로 따르겠습니다."

"억새나 갈대를 꺾어 허수아비를 만들게. 모자만 씌워 놓으면 산비둘기나 꿩들이 날아오지 못할 거네."

법인 스님은 당장 억새풀로 허수아비를 만들어 콩밭에 꽂았습니다. 모자는 여름 내내 쓰다가 챙이 찢어져 골방 한쪽에 밀쳐 둔 밀짚모자를 이용했습니다. 콩밭 한 가운데 허수아비가 서 있자, 조그만 산새들이 무서운 듯 가까이 다가오지 못했습니다. 밤에만 나타나는 노루나 고라니도 콩밭으로 넘어오지 못했습니다. 콩밭을 제집처럼 들락거리던 산비둘기나 꿩들도 허수아비가 무서운 듯 날아오지 않았습니다. 법인 스님은 '올해 콩 농사는 풍년이겠구나' 하고 안심했습니다. 다른 스님들도 같은 생각을 하면서 콩밭을 지나칠 때마다 흐뭇한 미소를 지었습니다.

그런데 또다시 소가 큰일을 저지르고 말았습니다. 외양간에 매어 둔 고삐가 풀어져 소가 마음대로 콩밭을 누빈 것이었습니다. 달이 뜬 한밤중에 일어난 일이어서 누구도 막을 수 없었습니다. 아침에 보니 콩밭은 물론 허수아비까지 먹어 치운 상태였습니다. 법인 스님은 놀라 쓰러질 지경이었습니다. 동자승은 암자를 떠나 부모에게 돌아가겠다며 울먹였습니다. 젊은 스님들도 낯빛이 변한 채 어쩔 줄 몰라 했습니다.

경봉 스님도 아침 산책길에 쑥대밭이 된 콩밭을 보았습니다. 경봉 스님은 말없이 암자로 돌아와 법인 스님에게 젊은 스님들을 불러오라고 지시했습니다. 젊은 스님들이 발걸음 소리를 죽이며 경봉 스님 방으로 들어왔습니다. 동자승은 맨 나중에 들어와 방 한쪽에 앉아서 훌쩍거렸습니다. 이윽고 경봉 스님이 나직이 입을 열었는데, 젊은 스님들에게 꾸중하는 것이 아니라 소를 칭찬했습니다.

"공부할 때는 우직해야 한다. 콩밭을 짓밟고 허수아비까지 먹어 버린 소처럼 맹렬하게 공부해야만 한다. 그래야 뜻을 이룰 수 있다."

불벼락을 내릴 줄 알았던 법인 스님은 한 번 더 놀랐습니다. 허수아비까지 먹어 치운 소를 칭찬하고 있으니 그럴 만도 했습니다. 경봉 스님의 말씀에 동자승이 울음을 그쳤습니다. 경봉 스님은 손뼉을 치며 하하하 웃기까지 했습니다.

"공부할 때는 산짐승이나 새처럼 허수아비를 의심하지 말아라. 자기 신념을 믿어라. 나아가 콩밭을 짓밟고 허수아비를 먹어 버린 소가 되거라. 그것이 공부하는 수행자의 굳은 자세다. 걱정하지 마라. 콩 농사야 내년에 잘 지으면 되지 않겠느냐?"

경봉 스님의 한마디에 젊은 스님들은 공부할 결의를 꾹꾹 다졌습니다. 모두 우직한 소가 되어 보기로 마음먹었습니다. 이후 법인 스님은 콩밭을 맹렬하게 짓밟은 소처럼 무섭게 공부했습니다. 그리하여 마침내 통도사 주지 스님이 되었고, 동국대학교 이사장이 되었습니다.

눈길에 찍힌 산토끼 발자국

구산 스님의 바랑

전남 송광사에 가면 구산 스님의 부도가 있습니다. 부도란 스님의 사리를 봉안한 돌탑이지요. 구산 스님은 판사 출신인 효봉 큰스님의 제자입니다. 효봉 스님은 일제강점기 때 판사였는데 어느 분에게 사형을 언도하고는 같은 인간으로서 죄책감에 시달리다가 집을 떠나 스님이 된 분입니다.

구산 스님은 젊은 시절에 사람들의 머리카락을 깎아주는 시골 동네의 이발사였다고 합니다. 스님은 비록 학교에 다니지 못한 이발사 출신이었지만 절에 들어온 이후 끊임없이 공부하고 수행하여 뛰어난 고승이 되었지요.

스님들이 머리카락을 깎는 이유는 이렇습니다. 출가하기 전과 달리 욕심과 성냄과 어리석음을 끊고 지혜롭게 살겠다는 맹세의 표시랍니다. 구산 스님은 다른 사람의 머리를 깎아 주다가 어느 날 효봉 스님이란 스승을 만나 자신의 머리도 깎이게 되었지요.

　구산 스님은 늘 미소를 짓고 다니는 분으로 유명합니다. 스님께서는 심지어 돌아가실 때도 "이제 미소 지으며 가노라" 하고 한마디를 남겼으니까요. 죽음이란 두려움 앞에서도 미소를 짓다니 평범한 우리와는 아주 다른 분이지요.

　「눈길에 찍힌 산토끼 발자국」은 스님께서 전남 광양시 백운산의 한 토굴에서 수행하실 때의 이야기입니다. 토굴이란 한두 스님이 수행할 정도로 작은 움막집을 말하지요. 그때 스님께서는 토굴에서 혼자 수행하고 있었습니다.

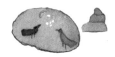

백운산 토굴 시절 구산 스님은 공양(식사)하기 전에 늘 앞마당으로 갔다고 합니다. 토굴 마당 앞에는 조릿대들이 파랗게 울타리가 되어 주었고, 굴뚝 키만 한 돌배나무 한 그루가 토굴 지붕에 할머니 손처럼 가만히 손을 얹고 있었답니다.

주춧돌만 한 반반한 돌은 돌배나무 바로 아래에 있었다고 합니다. 스님은 공양하기 전에 반드시 돌 위에 밥 한 덩이를 조금 얹어 놓으며 나직이 중얼거렸습니다.

"관세음보살."

그러면 조릿대 대숲에서 기다리던 산토끼가 살금살금 다가와 밥을 먹곤 했다고 합니다. 스님이 외는 "관세음보살" 소리에 산토끼가 나타난 것입니다. 그런데 그 산토끼는 밥 한 덩이를 다 먹지는 않았다고 합니다. 언제나 조금씩 남겨 자기보다 작은 딱새나 곤줄박이들이 날아와 먹게 하였던 것이지요. 산토끼는 자기보다 작은 생명들과 나눠 먹을 줄 알았지요.

산토끼는 토굴에서 혼자 수행하는 스님의 친구가 되었습니다. 스님은 산토끼를 보고 부끄러워할 때도 있었습니다.

"기특하기도 하지. 너를 보면 나눠 먹을 줄 모르는 인간이라는 내가 부끄럽구나."

산토끼가 사라지고 나면 흩어진 밥알을 쪼아 먹기 위해 산새들이 날아왔습니다. 과일 조각이라도 있는 날에는 다람쥐와 청설모가 다녀갔습니다. 어느새 토굴에도 빈 가지 사이로 가을이 가고 손 시린 겨울이 왔습니다. 어느 날부터는 하늘에 눈구름이 가득 찼습니다. 이윽고 백운산에 며칠째 눈이 쉬지 않고 내렸습니다. 눈은 맨 먼저 스님이 다니는 산길을 없애 버렸습니다. 그뿐만이 아닙니다. 눈이 돌배나무 무릎까지 차올랐습니다. 그러자 토굴에 오곤 하던 산짐승들도 나타나지 않았습니다.

눈은 흰나비 떼가 무섭게 몰려오듯 쌓여 갔습니다. 이제 토굴은 눈에 고립돼 작은 섬처럼 외로워졌습니다. 가늘게 들려오는 소리가 있다면 솜이불 같은 눈 속에서 조릿대가 꼼지락거리기 때문이었습니다. 조릿대는 쌓인 눈이 무거워지면 가지가 휘어지면서 올빼미가 날갯짓하듯 '푸드득푸드득' 하고 소리를 내었습니다.

달포 후에는 쌀과 보리가 떨어져 스님은 굶어야 할 형편이 되었습니다.

"이럴 줄 알았으면 겨울을 날 양식을 미리 준비해 둘걸. 산짐승들이 오지 않는 걸 보니 굉장한 눈이야."

이때 산 아랫마을에 사는 어느 아주머니 보살도 잠을 못 이루며 걱정했습니다. 보살이란 여자 신도를 높여 부르는 말입니다. 그 아주머니 신도는 토굴에서 정진하는 스님의 양식을 대 주던 분이었습니다.

아주머니 신도는 토굴로 가는 지름길을 알고 있었지만 그 산길은 위험하기 짝이 없었습니다. 낭떠러지가 있는 데다가 산길이 몹시 가팔랐습니다. 더구나 지금은 눈이 쌓여 산길인지 낭떠러지인지 분간할 수 없었습니다. 그렇다고 걱정만 하고 있을 수도 없었습니다. 하긴, 시간이 오래 걸리긴 해도 돌아가는 길이 있긴 했습니다. 할 수 없이 아주머니 신도는 쌀을 머리에 이고 먼 길을 나섰습니다.

아주머니 신도는 산길로 들어서자마자 가슴이 철렁 내려앉았습니다. 눈은 도토리나무의 허리가 겨우 보일 만큼 산자락을 덮고 있었습니다. 어디가 산길인지 도무지 알 수 없어 아주머니 신도는 막막했습니다.

아주머니 신도는 눈을 감은 채 두 손을 모으고 관세음보살을 불렀습니다. 관세음보살은 기도하는 사람의 소원을 들어 주는 보살이었습니다. 아주머니 신도가 눈을 뜨고 두리번거리자 산토끼 발자국 하나가 보였습니다. 산토끼가 지나간 지 얼마 안 된 듯 선명하게 나 있었습니다. 아주머니 신도는 혼잣말로 중얼거렸습니다.

"산토끼 발자국을 따라가 보자. 먹이를 구하러 산 아래까지 내려온 게 분명해."

아주머니 신도는 구산 스님의 가족 같은 백운산 산토끼가 문득 생각났습니다. 언젠가 토굴에서 산토끼를 본 적이 있었습니다. 아주머니 신도는 산토끼 발자국을 따라가다 보면 스님이 계시는 토굴이 나올지도 모른다고 생각했습니다. 아주머니 신도는 산등성이와 골짜기를 몇 번이나 넘고 넘었습니다.

지름길로 가면 벌써 토굴에 다다를 시간이었습니다. 그래도 아주머니 신도는 산토끼를 믿었습니다. 지치지 않고 산토끼 발자국을 따라 바지런히 걸어 올라갔습니다. 산토끼 발자국은 위로 올라갈수록 더욱더 또렷했습니다.

마침내 토굴에서 풍경 소리가 들려왔습니다. 아주머니 신도는 조릿대 숲속으로 사라지는 산토끼를 언뜻 보았습니다. 그때 구산 스님은 마루에 앉아 참선에 들어 있었습니다. 참선 공부에 빠져 양식 걱정을 잠시 잊고 있었던 것이지요.

그해 겨울도 구산 스님은 토굴에서 부지런히 수행할 수 있었습니다. 아주머니 신도에게 눈 덮인 산길을 안내해 준 산토끼 덕분이었습니다. 평소에 밥 한 덩이를 내어 준 구산 스님에게 산토끼가 은혜를 갚은 셈이지요.

그 산토끼는 태어나기 전에 무엇이었을까요? 혹시 시골 마을에서 구산 스님에게 이발을 공짜로 했던 가난한 산중 농부는 아니었을지 문득 궁금해집니다.

스님의 약초를 먹지 않는 멧돼지

해국 스님의 바랑

　　　　일타 스님은 자비심이 아주 많은 분이었지요. 누군가의 마음을 아프게 하여 3일 동안 밥을 먹지 못한 일도 있을 만큼 인자한 스님이었답니다. 마음이 너무 연약해 보여 제자들이 때로는 불평하기도 했습니다.

　어느 때는 이런 일도 있었습니다. 스님의 여러 제자 중에 선방만 돌아다니는 스님이 있었지요. 일타 스님은 그 제자에게 말하지 않는 묵언 수행을 할 터이니 방문을 지키라고 하였답니다. 제자는 방문을 지키며 찾아오는 손님을 막았습니다. 멀리 서울이나 부산에서 온 손님도 있었습니다.

제자는 부산에서 온 손님에게 문을 열어 주지 않았습니다. 마찬가지로 서울에서 온 손님도 그렇게 막았습니다. 부산에서 온 손님은 선선히 물러갔지만, 서울에서 온 손님은 제자에게 항의했습니다. 그 소리가 일타 스님의 귀에 들어갔습니다.

그날 밤 일타 스님은 저녁 식사를 물렸습니다. 제자가 서울에서 온 손님에게 방에 들어가지 말라고 소리쳤기 때문이었지요. 급기야 일타 스님은 제자를 나무라기 위해 입을 열어 묵언 수행을 깼습니다.

"중이 뭐가 잘 났다고 찾아온 손님을 물리치는가. 손님 마음을 아프게 하는가."

"그건 스님께서 묵언 수행을 하신다고 저더러 방문을 지키라고 하지 않았습니까?"

그래도 일타 스님은 숟가락을 들지 않았습니다.

"어서 그 손님에게 사과해. 그렇지 않으면 밥이 목구멍에 걸려 넘어가지 않을 거야."

할 수 없이 제자는 부산 손님에게 전화를 걸었습니다. 그런데 부산 손님은 아주 반갑게 전화를 받았습니다.

"스님, 스승과 제자가 함께 수행하는 모습이 얼마나 아름답고 보기 좋던지 저도 지금 흉내 내어 정진하고 있습니다."

"그러면 보살님, 지금 말씀하신 대로 우리 스님에게 전해 주십시오."

그리하여 안도한 일타 스님은 저녁상을 물리지 않았다고 합니다. 여기서 말하는 제자가 바로 일타 스님이 제자 중에 가장 아꼈던 혜국 스님이랍니다.

그 스승에 그 제자라는 말이 있습니다. 혜국 스님은 수행을 좀 더 철저하게 하고 싶어 스승이 젊은 시절을 보낸 태백산 산중의 도솔암으로 들어가 산 적이 있답니다. 당시 스님은 스승과 마찬가지로 생식을 했답니다. 솔잎 가루와 생콩 한 줌이 끼니때마다 먹는 식사의 전부였지요. 생콩은 처음에는 비릿하여 먹기 힘들지만 대여섯 달이 지나면 구수해진답니다.

혜국 스님은 산중에서 캔 약초를 영주 장에 내다 팔아 콩을 사 오곤 했습니다. 도솔암은 너무 깊은 산중에 있어 양식으로 먹을 콩을 그런 식으로라도 구해야 했기 때문입니다.

그러던 어느 날이었습니다. 영주 장에 가려고 약초를 담은 바랑을 등에 지고 산길을 내려가는데 멧돼지 새끼 한 마리가 쇠줄로 된 덫에 걸려 발버둥 치고 있었습니다. 새끼 멧돼지는 뒷다리가 덫에 걸려 꼼짝을 못 했습니다. 덫에 걸린 멧돼지의 뒷다리는 벌써 퉁퉁 부어올라 붉어져 있었습니다.

"아이구, 이걸 어쩌나……."

혜국 스님은 쇠줄을 풀려고 여기저기를 건드려 보았지만 덫은 더욱 조여지기만 했습니다. 새끼 멧돼지는 스님을 사냥꾼으로 알고는 눈을 부릅뜨고 덤비기도 했습니다.

"영주 장까지 가려면 시간이 없는데 그대로 두고 갈 수도 없는 일이고…… 무슨 방법이 없을까."

스님은 암자로 다시 올라갔습니다. 그러고는 가마니 한 장을 가지고 내려왔습니다. 멧돼지에게 가마니를 씌워야 달려들지 않을 것 같아서였습니다.

"조금만 참아라. 얌전하게 있거라."

스님은 새끼 멧돼지에게 가마니를 씌웠습니다. 그러자 멧돼지는 꽥꽥거릴 뿐 달려들지는 못했습니다. 스님은 꼬이고 조여진 쇠줄을 간신히 풀었습니다. 멧돼지는 붉게 부어오른 뒷다리를 절룩거리며 산속으로 돌아갔습니다. 그제야 스님은 약초가 든 바랑을 지고 산 아래로 내려갔습니다.

그런데 며칠 후였습니다. 스님은 또 산길을 걷고 있었습니다. 이번에는 도솔암으로 돌아가는 길이었습니다. 날이 저물어 길을 재촉하고 있는데, 갑자기 눈앞에 멧돼지 무리가 나타났습니다.

"멧돼지는 포악하여 사람의 뼈까지 먹는다는데……."
바위만 한 어른 멧돼지 뒤에는 일고여덟 마리나 되는 새끼 멧돼지들이 먹이에 굶주린 듯 코를 킁킁대고 있었습니다. 스

님은 죽을 각오를 했습니다. 자신의 몸을 굶주린 멧돼지에게
바치려고 쓰고 있던 삿갓을 벗어 던졌습니다.

그런데 그때 던진 삿갓이 어느 새끼 멧돼지의 머리에 씌워 졌습니다. 삿갓을 쓴 새끼 멧돼지는 눈앞이 안 보이자 산 위로 도망치기 시작했습니다. 놀란 어미 멧돼지도 새끼 멧돼지를 따라 소리치며 달려갔습니다.

스님은 암자로 돌아와 생각에 잠겼습니다. 덫에서 풀려난 그 새끼 멧돼지가 은혜를 갚은 것이 틀림없다고 생각했습니다. 사실, 삿갓을 쓰고 달아난 멧돼지의 뒷다리가 퉁퉁 부어 있어서 스님은 당연히 그리 생각할 수밖에 없었습니다.

훗날 혜국 스님이 도솔암을 떠나자, 어느 큰스님이 들어와 잠시 살게 되었다고 합니다. 어느 날 큰스님이 더덕 등 약초를 캐려고 했으나 찾지 못했다고 합니다.

"이보게 혜국 스님, 자네는 약초를 캐어 장에 가서 먹을거리와 바꿔왔다고 했지."

"네, 스님."

"내 눈에는 약초가 보이지 않는단 말이야. 암자 주위를 다 돌아다녀봤지만 더덕 세 뿌리가 고작이야. 멧돼지가 다 파먹고 없어."

"그렇습니다. 멧돼지가 다 먹어 치운 것입니다."

"왜 그런가."

"스님은 신도분들이 가져다주는 음식을 잘 드시고 있기 때문입니다."

혜국 스님의 얘기대로라면 멧돼지도 암자에서 수행하는 스님의 형편을 보아 약초를 캐 먹는 모양입니다. 그러고 보니 도솔암 멧돼지는 못된 사람보다 의리가 깊은 것 같습니다. 여러분 생각은 어떤가요.

"여보게, 살생하지 말게.
지금은 이 노루가 자네한테 죽임을 당할지 모르지만
다음엔 노루가 자네 목숨을 노릴지도 모르네."

2장

스님 바랑에서 꺼낸 사랑

성철 스님 · 혜국 스님 · 수월 스님 · 경허 스님 · 지장 스님

장미꽃을 보려고 진딧물을 죽이지 마라

성철 스님의 바람

성철 스님은 동산 스님의 제자입니다. 동산 스님은 일제강점기 때 의사의 길을 버리고 스님이 되기 위해 출가한 분이지요. 어쩌면 스님도 의사와 마찬가지 일을 한다고 볼 수 있겠군요. 차이가 있다면 의사가 몸의 병을 고치는 사람이라면 스님은 번뇌와 불안 등 마음의 병을 어루만져 주는 사람이겠지요.

성철 스님은 아주 무서운 스님으로 알려져 있습니다. 누구라도 법당으로 가서 부처님께 삼천배를 하지 않으면 만나 주지 않은 스님으로 유명하지요. 대통령도, 큰 회사의 사장도, 가난한 지게꾼도 삼천배를 해야만 스님을 만날 수 있었습니다.

그러니 스님은 무섭고 엄한 모습으로만 알려지게 되었습니다. 삼천배란 삼천 번 절하는 것을 말합니다. 절을 처음으로 하는 사람은 여섯 시간 정도 걸리고, 삼천 번의 절을 다 하고 나면 무릎이 헐고 온몸은 땀으로 젖어야 했습니다.

스님은 누구나 겸손해지라고 삼천배를 시켰습니다. 절이란 고개를 숙이는 것이니 자신을 낮추는 행동이 아니겠습니까? 절을 계속하다 보면 교만한 마음이 문득 사라진다고 합니다.

다만 아이들은 삼천배를 하지 않아도 언제나 스님을 만날 수 있었습니다. 아이들은 교만하지 않고 천진하기 때문입니다. 스님은 아이들과 장난치기를 좋아했습니다. 어떤 아이가 스님의 귀에 대고 고함을 쳐 스님의 고막이 찢어진 적도 있습니다. 그래도 스님은 아이를 나무라지 않고 '허허' 웃어넘길 뿐이었습니다.

스님은 꽃 중에서 장미꽃을 좋아했습니다. 그래서 제자 스님들은 스님을 기쁘게 하려고 담장 밑에 장미꽃을 심었습니다. 스님은 오다가다 장미꽃을 보고 미소를 지었습니다. 사실 장미꽃은 절에 잘 심지 않는 꽃이었습니다. 우리나라 꽃이 아닌 데다 너무 화사하여 고적한 절 분위기와는 어울리지 않았기 때문입니다. 그래도 스님은 장미꽃을 사랑했습니다.

그러던 어느 날이었습니다. 제자 스님이 분무기로 장미꽃에 약을 뿌리고 있었습니다. 스님은 궁금하여 물었습니다.

"무엇을 하고 있는가?"

"약을 치고 있습니다."

"무슨 약을?"

제자 스님은 성철 스님에게 좀 더 예쁜 꽃을 보여 드리고 싶어 약을 치고 있었습니다. 그러기 위해 장미꽃 새 줄기를 야위게 하는 진딧물을 죽이고 있었던 것입니다.

"진딧물을 죽이는 약입니다."

"뭐라고?"

성철 스님은 깜짝 놀랐습니다. 제자 스님이 진딧물을 죽이고 있는데 자신이 잠깐이나마 모른 체하고 있었기 때문입니다. 장미꽃을 보기 위해 진딧물을 살생할 수는 없었습니다. 성철 스님은 제자 스님에게 말했습니다.

"당장 이 장미나무를 뽑아 옮기거라. 장미꽃을 보기 위해 진딧물을 죽일 수는 없다."

제자 스님은 장미나무를 파서 마침 가져가겠다는 신도에게 주고 말았습니다. 신도는 큰스님이 사랑하는 장미나무라 하여 소중하게 가져갔습니다.

성철 스님은 살생하지 말라는 계율을 철저하게 지키신 분이었습니다. 사람들이 미물이라 하여 아무렇지 않게 죽이는 진딧물이나 개미의 목숨도 사람만큼 소중하게 여겼습니다. 성철 스님께서 얼마나 살생을 싫어하셨는지 이런 이야기도 전해집니다.

성철 스님은 출가하기 전에 결혼한 적이 있었습니다. 아내도 있고 딸도 있었습니다. 나중에는 아내나 딸도 모두 출가하여 스님이 되었지요. 스님이 된 딸이 누구냐 하면 바로 불필 스님입니다. 불필 스님도 성철 스님의 뜻을 좇아 조용한 절에서 수행을 잘하는 분이었지요.

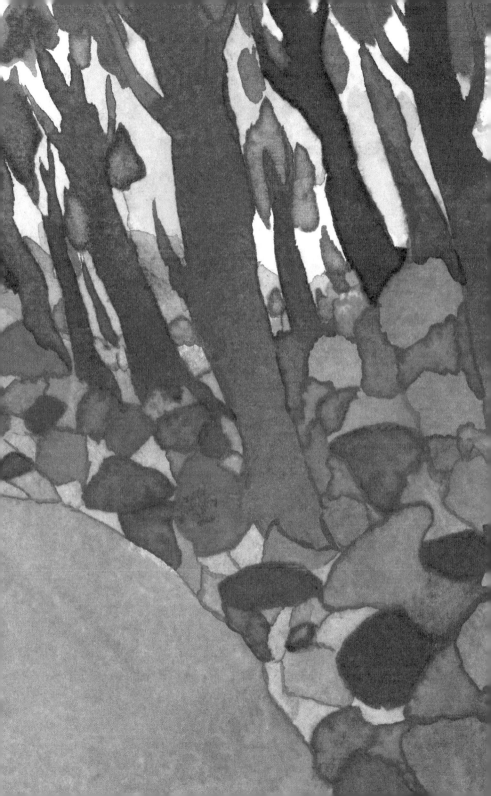

불필 스님이 여행을 하고 돌아와 성철 스님을 찾았습니다. 여행 중에 산 선물을 전해 주기 위해서였습니다. 불필 스님이 산 선물은 하얀 코끼리 뼈로 조각한 작은 불상이었습니다. 불필 스님이 걸망에서 물건을 꺼내자 성철 스님이 물었습니다.

"무엇인가?"

"여행 중에 사 온 물건입니다."

불필 스님은 포장을 푼 뒤 작은 불상을 성철 스님에게 내밀었습니다.

"무엇으로 만든 불상인가?"

"네, 코끼리 뼈로 만든 불상입니다."

"코끼리 뼈로 만든 불상이라고!"

성철 스님의 언성이 높아졌습니다. 표정을 보니 곧 불벼락이 떨어질 것만 같았습니다.

"스님, 고맙다고 하시기는커녕 왜 그러십니까?"

불필 스님은 성철 스님이 야속했습니다. 멀리서 조심스럽게 가져온 불상인데 자신의 정성을 몰라주는 것 같아서였습니다.

"아직도 내 뜻을 모르겠나?"

"스님의 마음을 어찌 알겠습니까?"

"이 불상은 자비가 없는 불상이다."

"왜 그렇습니까?"

"코끼리를 죽여 만든 불상이기 때문이다. 부처님은 살생하지 않으신다. 이제 내 뜻을 알겠나?"

불필 스님은 가져온 불상을 다시 걸망에 넣었습니다. 절로 돌아온 불필 스님은 불상을 어찌할까 곰곰이 생각에 잠겼습니다. 그러나 코끼리 뼈로 만든 불상도 불상이니만큼 버릴 수는 없었습니다.

불필 스님은 그 불상을 자신의 방에 두었습니다. 그 불상을 볼 때마다 성철 스님의 뜻을 한 번씩 더 새겨보기로 한 것입니다. 스님의 뜻은 살생하지 말고 자비롭게 살라는 것이었습니다.

삼천배를 시키는 성철 스님이 꼭 무서운 분만은 아닌 것 같

습니다. 아이들이 스님과 장난치기를 좋아하기 때문입니다.
또한 성철 스님의 마음은 장미꽃보다 더 아름다운 것 같습니
다. 사람들이 해를 끼친다고 죽이는 진딧물의 생명까지 아낄
줄 아는 분이니까 말입니다.

30리 밖에서 돌아온 다람쥐

　　혜국 스님은 일타 스님의 제자입니다. 어떤 사람들은 스님들이 공부는 하지 않고 깊은 산중에 들어가 하는 일 없이 세월을 보낸다고 오해하는 것 같습니다. 그러나 그건 무척 틀린 얘기입니다. 스님들이 아무도 없는 산중으로 들어가는 것은 조용한 곳이 공부하기에 좋기 때문입니다.

　　공부하는 스님들의 각오는 우리 같은 보통 사람들은 흉내내기도 어려울 정도랍니다. 일타 스님도 젊은 날 더욱더 분발하기 위해 자신의 손가락을 불태웠으며 혜국 스님도 스승의 뒤를 따라 오른손 손가락 세 개를 태웠답니다. 보통 사람들로서는 상상할 수 없는 일이지요.

　　스님들이 공부하는 목적은 다 아시겠지만 피나는 정진 끝에 진리를 구해 지혜로운 사람이 되고, 남을 위해 기꺼이 희생하는 자비로운 사람이 되는 것입니다.

혜국 스님은 잠을 자지 않고 공부하기 위해 천정에 끈을 내려뜨려 놓고 목에 감았다고 합니다. 꾸벅꾸벅 졸게 되면 끈이 목을 조여와 살갗에 상처를 냈답니다. 눕는 시간이 아까워 하루 종일 앉아 공부하기 위해서였습니다. 그렇게 2년이 흘렀습니다. 스님은 머리카락을 깎을 생각도 잊고 공부만 하였습니다. 깊은 산에 있으니 머리카락이 길게 자라 흐트러져 있어도 볼 사람이 없으니 신경 쓸 필요가 없었습니다. 산 아랫마을로 갈 때는 삿갓을 쓰면 그만이었습니다.

그런데 하루는 산 아래에 사는 한 스님이 손님을 데리고 스님을 찾아왔답니다. 혜국 스님 또한 사람이 너무 그리웠기에 누군가를 막연히 기다리던 중이었습니다. 스님에게 유일한 친구가 있다면 암자 주위를 맴도는 다람쥐들뿐이었습니다.

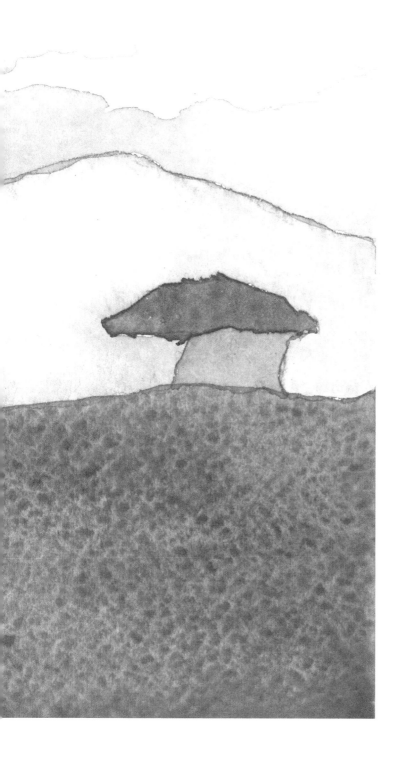

　손님과 함께 온 그 스님은 혜국 스님의 모습을 보고는 자살한 시신인 줄 알고 기겁한 채 도망쳤습니다. 그럴 수밖에요. 스님은 목에 끈을 감고 있었으니까요. 혜국 스님은 걸음아 나 살려라, 하고 산 아래로 달려가는 스님을 뒤쫓아 갔지만 만날 수 없었습니다.

　며칠이 지난 후에 다시 그 스님이 곡괭이와 삽을 든 마을 사람들을 데리고 왔습니다. 암자로 오더니 그 스님이 이렇게 말했다고 합니다.

　"멀쩡하네. 죽은 사람은 누구였지?"

스님과 마을 사람들은 암자 방으로 들어가 혜국 스님과 마주 앉았습니다. 혜국 스님이 왜 천장에 끈을 내려뜨려 놓고 목에 감았는지에 관한 이야기를 듣고는 모두가 놀랐습니다. 고개를 크게 끄덕거리며 두 손을 모아 합장했습니다. 스님에게 쌀과 반찬을 가져오겠다고 약속한 사람도 생겼습니다. 그러나 혜국 스님은 깨달음을 얻을 때까지는 생콩과 솔잎가루만 먹겠다며 거절했습니다. 깊은 산중의 마을 사람들에게 쌀은 귀한 양식이었습니다. 그들 역시도 밭에서 수확한 옥수수나 감자가 주식이었습니다. 혜국 스님은 그런 이유로도 마을 사람들에게 쌀을 받을 수는 없었습니다.

스님이 다람쥐에게 생콩을 주던 장소는 산행을 나갔다가 쉬곤 하던 산길이었다고 합니다. 생콩은 솔잎가루와 함께 먹던 스님의 양식이었습니다. 그러니 스님의 호주머니에는 늘 생콩이 한 줌 들어 있었습니다.

다람쥐들은 차츰 스님과 더욱 친해졌습니다. 날마다 먹이를 주는 스님을 졸졸 따라다니게 된 것이지요. 어느새 다람쥐들은 아예 암자 주변으로 이사를 와서 살았답니다. 그런데 문제가 하나 생겼습니다. 스님이 밭에 심은 양배추 잎에 다람쥐들이 똥과 오줌을 싸는 것이었습니다. 양배추 잎은 다람쥐 배설물로 썩기도 했습니다. 참다못한 스님은 양배추밭 주위에 그물을 쳤습니다. 그러고는 다람쥐 세 마리를 잡아 목덜미에 까만 먹물을 칠했습니다. 아주 멀리 보내기 위해서였습니다.

그즈음 스님은 산에서 약초를 캐어 30리 밖에 있는 영주 장으로 나가 팔았습니다. 그 돈으로 생콩을 사 오곤 했습니다. 다람쥐를 잡은 그 날도 스님은 영주 장으로 나가는 길이었습니다. 스님은 다람쥐 세 마리를 약초가 든 바랑에 넣었습니다.

'인연이 있다면 어느 날엔가 또 만나겠지.'

　다람쥐 목덜미에 먹물을 칠했기 때문에 나중에 그 다람쥐들을 보더라도 쉽게 알아볼 수 있을 것 같았습니다. 스님은 드디어 영주 장 가까이 가서는 다람쥐 세 마리를 풀어 주었습니다. 그곳도 산중이기 때문에 다람쥐들이 잘살 것 같았습니다.

　그런데 마음이 홀가분해질 줄 알았는데 그렇지 못했습니다. 먹구름이 낀 듯 답답해지기 시작했습니다. 장을 보면서도 놓아준 목덜미에 먹물을 칠한 다람쥐 생각만 났습니다. 스님은 그날 건성으로 약초와 생콩을 맞바꾸고는 암자로 발길을 돌렸습니다. 아까 놓아준 산길에 혹시나 다람쥐가 있을까 하고 걸었습니다. 그러나 다람쥐는 보이지 않았습니다. 후회가 밀려왔습니다.

　'양배추를 망쳐도 그냥 놔둘걸.'

　'다람쥐가 먼 길을 달려 암자로 돌아올 수 있을까.'

스님은 천천히 걸었습니다. 혹시나 다람쥐들이 자신을 뒤따라올지 몰라서였습니다. 그러나 다람쥐는 보이지 않았습니다.

스님은 암자가 가까운 산 밑에 이르러 일부러 지름길로 가지 않고 산행을 나갔다가 다람쥐들에게 생콩을 주던 곳으로 올라갔습니다. 그런데 이게 웬일입니까?

'아니, 너희들이 여기를 찾아오다니!'

목덜미에 먹물이 칠해진 다람쥐들이 스님을 기다리고 있었습니다. 스님은 울컥하여 눈물이 났습니다. 양배추밭을 망치더라도 다시는 다람쥐를 보내지 않겠다고 맹세했습니다.

"그래그래, 내가 잘못했다."

스님은 진심으로 다람쥐에게 사과했습니다. 다람쥐도 스님의 사과를 받아 주었는지 스님을 따라서 암자로 갔습니다. 이후 다람쥐들은 스님을 더욱 따르게 되어 나중에는 스님의 호주머니에까지 들어가 생콩을 물고 나와 먹곤 했답니다.

얼마나 미안했으면 다람쥐에게 사과했겠습니까. 공부를 열심히 하면 마음이 넉넉하고 자비로워지는 모양입니다. 참다운 스님은 다람쥐가 승복의 호주머니에 들락거릴 만큼 자비로운 분이 아닌가 싶습니다.

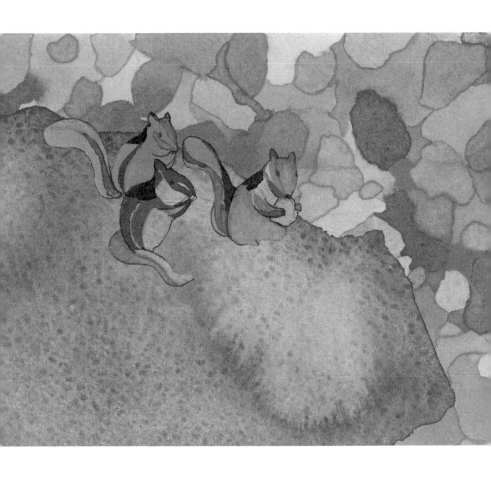

스님을 따르는 산짐승들

수월 스님의 바랑

청담 스님께서 들려주신 수월 스님의 이야기입니다. 청담 스님은 일제강점기 때 독립운동을 하던 청년을 숨겨 주었다가 상주 감옥으로 잡혀가서 고생을 많이 하신 분입니다. 너그럽기도 하지만 참을성이 아주 많은 스님입니다. 성철 스님과 친구 사이인데 두 분은 만나기만 하면 장삼을 벗고 씨름을 할 정도로 가까웠습니다.

청담 스님은 젊은 시절 만주 땅으로 여행을 떠난 적이 있었습니다. 수월 스님을 만나기 위해서였습니다. 당시 수월 스님은 짚신을 만들어 지나가는 사람들에게 나누어 주는 일을 했습니다. 사람들은 소문을 듣고 신발이 떨어지면 수월 스님을 찾아가 짚신을 얻곤 했습니다. 수월 스님은 누구에게나 짚신을 나누어 주었습니다. 신분을 묻지도 않았습니다. 개중에는 도둑이 짚신을 얻어 신기도 했고, 흉악한 죄를 짓고 쫓겨 다니는 사람도 있었습니다. 물론 만주에서 독립운동을 하던 독립군도 수월 스님의 짚신을 얻어 갔습니다.

자기를 해치려는 상대를 만나면 누구나 자기도 모르게 방어하게 됩니다. 상대를 해치려는 마음이 생기기도 합니다. 그것을 불교에서는 '살생심'이라고 하지요. 사냥꾼들이 동물을 잡는 것도 일종의 살생심이라고 할 수 있습니다. 살생심 중에서도 죄가 아주 큰 살생심이지요. 왜냐하면 자기를 해칠 생각이 없는 동물을 잡으려 했으니까요.

수월 스님은 수행을 열심히 하여 마음속의 살생심을 없애 버린 분이었습니다. 그런 분에게는 말 못 하는 동물도 자기를 해치지 않을 줄 알고 무리를 지어 따른다고 합니다.

만주는 눈이 많이 오는 땅이지요. 스님은 수수깡으로 울타리를 만들어 놓고 살았는데, 눈이 내리면 동물들이 스님이 사는 마당까지 들어와 먹이를 달라고 졸랐다고 합니다. 토끼나 노루가 오면 스님은 시래기를 내다 주고, 꿩이나 산비둘기 같은 날짐승이 오면 옥수수나 좁쌀, 수수 등을 겨우내 주었다고 합니다.

그런데 동물들은 모든 사람을 다 따르지는 않았습니다. 먹이를 주어도 가까이 오지 않았습니다. 사람을 무서워했던 것입니다. 청담 스님도 처음에는 동물들이 경계했습니다. 청담 스님이 산짐승의 먹이를 손에 들어도 노루나 토끼들이 멀리서 기웃거릴 뿐 가까이 오지 않았습니다. 꿩이나 산비둘기도 마찬가지였습니다. 청담 스님은 동물들에게 섭섭했습니다.

먹이를 챙겨 주는데도 오지 않으니 그럴 만도 했습니다. 방 안으로 들어오면 그제야 노루나 토끼들이 눈치를 보며 슬금슬금 다가와 시래기를 먹고 갔습니다. 하루는 청담 스님이 수월 스님에게 물었습니다.

"스님, 먹이를 주어도 노루나 토끼가 저에게 오지 않습니다."

"자네에게 아직 살생심이 남아 있어 그러는 것일세."

"스님, 어찌하면 살생심을 없앨 수 있습니까?"

"자비심을 기르게나."

"어찌하면 자비심을 기를 수 있습니까?"

"동물이 자네와 한 몸이라는 생각을 하게."

이후 청담 스님은 자비심을 기르는 공부를 더 열심히 했다고 합니다. 누가 뭐라고 해도 미소 지으며 참을성을 기르는 공부를 했습니다. 참을성을 다른 말로 '인욕(忍辱)'이라고 하지요. 훗날 사람들은 청담 스님을 '인욕보살'이라고 부르기도 했답니다.

산짐승을 사랑한 스님이 또 있습니다. 법명은 같지만 이 스님은 고운사에 계셨던 수월 스님이지요. 스님은 사철을 누더기 한 벌로 사셨다고 합니다. 그러나 스님의 누더기를 보고 더럽다고 여기는 신도는 단 한 사람도 없었습니다. 부처님의 말씀대로 사시는 스님에게서 수행자의 향기가 났기 때문입니다. 또한 스님은 하늘 천(天) 자도 모르는 무식쟁이였다고 합니다. 그러나 스님을 무식쟁이라고 여기는 신도 또한 단 한 사람도 없었다고 합니다. 스님에게는 부처님처럼 지혜가 있었기 때문입니다.

글자를 몰라도 스님께서 경전을 손가락으로 짚으면 경전의 뜻이 스님의 마음속에 그대로 전해졌다고 합니다. 실제로 스님께서 《법화경》을 손으로 짚는 순간, 그 뜻이 스님의 마음속으로 들어갔다고 합니다. 그때 스님의 눈은 샛별처럼 반짝였는데, 함께 있던 젊은 스님들은 스님의 눈에서 나오는 생사리를 보았다고 합니다. 사리란 고승이 돌아가셨을 때 남기는 것인데 살아생전에 나왔다니 얼마나 스님의 정신이 깊었으면 그러했겠습니까.

짐승들은 만주의 수월 스님처럼 고운사 수월 스님도 좋아 했습니다. 스님이 고운사에서 점곡으로 넘어가는 잿마루에 올라 땀을 식히고 있을 때였습니다. 노루 한 마리가 뛰어오더니 고개를 스님의 장삼 밑으로 숙였습니다.

"누가 너를 쫓는 모양이구나."

스님은 노루가 몸을 숨겨 달라고 그러는 줄 금세 알아차렸습니다. 스님은 장삼을 벗어 노루를 덮어 주었습니다. 아닌 게 아니라 조금 후에 사냥꾼이 나타났습니다. 사냥꾼은 잿마루까지 달려오느라고 숨을 쉬지 못해 헐레벌떡했습니다.

"스님."

"뉘시오?"

"저는 안동 일직면에 사는 사람입니다."

"그런데 왜 나를 부르시오?"

"이곳으로 노루 한 마리가 지나가는 것을 보지 못했습니까?"

"숨을 고르고 난 뒤 천천히 말해 보시오."

수월 스님은 사냥꾼을 옆에 앉히고 나서 다시 말했습니다.

"꼭 사냥을 해야만 하오? 사냥을 하지 않고서는 살 수 없소?"

사냥꾼은 어안이 벙벙한 얼굴로 스님을 쳐다보기만 했습니다.

"자, 자네가 찾는 노루가 여기 있네. 내가 감추고 있었지."

수월 스님이 장삼을 걷어 내자 노루가 모습을 드러냈습니다. 사냥꾼은 스님 옆에서 도망가지 않는 노루를 보고는 차마 말을 하지 못했습니다.

"여보게, 살생하지 말게. 지금은 이 노루가 자네한테 죽임을 당할지 모르지만 다음엔 노루가 자네 목숨을 노릴지도 모르네. 원수가 되어 원한을 품고 죽고 죽이고……. 원수진 마음이 그칠 날이 없으니 윤회를 면할 길도 없어지는 것이지."

사냥꾼은 고개를 숙였습니다.

"스님, 말 못 하는 짐승이 살려고 스님의 장삼 속에 숨어 있는 것을 보니 제가 못 할 짓을 한 것 같습니다. 이제부터는 포수 짓을 그만두겠습니다."

노루는 스님의 장삼 자락 속으로 파고들 뿐 도망치지 않았습니다.

"정말로 그럴 텐가."

"스님의 제자가 되겠습니다."

사냥꾼은 계곡 아래로 총을 던져 버렸습니다. 그리고 나서 노루를 쓰다듬었습니다.

"내가 잘못했다."

노루가 움찔했습니다. 사냥꾼의 말을 믿지 못하겠다는 움직임이었습니다. 사냥꾼의 마음속에는 아직도 살생심이 남아 있었던 것입니다. 수월 스님이 일어서면서 말했습니다.

"고만 가거라."

그제야 노루는 잿마루를 넘어갔습니다. 가면서 자꾸 뒤를 돌아보곤 했습니다. 만주의 수월 스님이나 고운사의 수월 스님이나 자비심이 넘치시는 분입니다. 마치 일란성 쌍둥이 같은 스님입니다. 하늘에 뜬 달과 물에 비친 달이 같듯이 말입니다.

온 생명이 나와 한 몸이라네

경허 스님은 조선 시대가 끝나갈 무렵에 태어난 분입니다. 그때는 우리나라 불교가 기울어 가던 시기였습니다. 스님들이 떠난 깊은 산속의 절들은 하나둘 허물어져 잡초와 칡덩굴에 덮여 사라지던 때였지요.

바로 이때 경허 스님은 우리나라 불교를 다시 일으켜 세운 분입니다. 스님은 무엇을 하든 간에 남들이 흉내 내지 못할 정도로 철저했던 분이었지요. 스님의 제자 만공은 훗날 스승 경허 스님을 떠올리며 이렇게 말한 적이 있습니다.

"선은 부처를 넘어서고 악은 호랑이를 넘어선다."

부처님은 이 세상에서 가장 훌륭한 성인 중에 한 분이고, 호랑이는 이 세상 동물 중에 가장 용맹스러운 짐승 중 하나이지요. 만공이 "선은 부처를 넘어서고 악은 호랑이를 넘어선다"라고 경허 스님을 평한 것은 무엇을 하든 남이 따를 수 없을 만큼 철저했다는 표현입니다.

공부를 자나 깨나 하는 아이를 공부벌레라고 부르듯 경허 스님은 한마디로 '수행벌레'였습니다. 그리하여 경허 스님은 수행자들이 깨달을 수 있는 최고의 경지에까지 도달했던 것입니다. 그 경지는 말로 설명하기 어렵지요. 김치 맛을 보려면 직접 먹어 봐야만 알 수 있지 설명만 듣고서 어떻게 김치의 참맛을 느낄 수 있겠습니까? 바로 그런 이치지요.

무엇을 하건 스님은 깊이깊이 들어갔습니다. 다른 수행자들이 한 달을 공부하면 스님은 밤낮으로 1년을 공부했고, 남에게 베풀 때는 자신의 것을 남김없이 다 꺼내 주었습니다. 예를 들자면 배고픈 거지가 찾아오면 그날 절 식구들이 먹을 식량까지 다 주어서 보내던 분이었습니다.

이 이야기는 만공 스님이 들려준 한 토막입니다. 만공이 경허 스님을 천장암에서 모시고 살 때였다고 합니다. 천장암은 충청도 서산의 연암산에 있는 제비집처럼 작은 암자입니다. 만공은 경허 스님이 입던 옷을 빨래하고 암자의 부엌 아궁이에 불을 지피고, 동네로 나가 식량을 탁발하는 것이 일과였습니다. 그것도 수행자들이 마땅히 거쳐야 하는 공부였습니다. 빨래하는 것은 욕심으로 얼룩진 마음을 씻는 공부이고, 불을 지피는 것은 온갖 잡념을 태워 버리는 공부이고, 먹을거리를 탁발하는 것은 세상 사람들의 고마움을 알고 겸손을 익히는 공부였습니다.

　경허 스님의 누더기는 소매가 해지고 무릎이 뚫어져 팔과 다리가 훤히 보일 지경이었습니다. 그런데 그 누더기에 빈대와 벼룩이 들끓었습니다. 스님은 도무지 빈대와 벼룩을 잡을 생각을 안 했습니다.

"스님, 빨래를 해 드릴 테니 벗으십시오."

"만공, 자네는 아직도 내 누더기가 더럽게 보이는가?"

"스님, 입으신 지 한 철이 다 지나가고 있습니다."

"이건 내 옷이 아니라 빈대와 벼룩이 사는 궁전이라네. 나는 미물들의 궁전을 허물 생각이 없다네."

만공은 더는 말을 잇지 못했습니다. 스승 경허 스님의 피를 빨아먹고 사는 빈대와 벼룩이 야속할 뿐이었습니다. 어느 날 만공은 뼈만 앙상한 경허 스님의 몸을 본 적이 있는데 빈대와 벼룩이 물어뜯은 온몸은 마치 황토물을 발라놓은 것처럼 불그죽죽했던 것입니다. 스님은 가렵지도 않은지 옷 속에 손을 넣어 긁는 일도 없었습니다. 만공은 어느 날 참지 못하고 궁금해서 물었습니다.

"스님, 가렵지도 않습니까?"

"허허허."

경허 스님은 그저 웃기만 하더니 나직이 말했습니다.

"여보게 만공, 왜 가렵지 않겠나. 나는 가려움을 참고 있다네. 빈대와 벼룩이 내 몸의 피를 마음대로 빨아먹을 수 있도록 참고 있는 것이라네. 그것도 이 세상에 내 몸을 기꺼이 내어주는 공부가 아니겠는가. 자신의 몸을 아끼지 않고 줄 수 있는 사람이 참다운 수행자라네. 수행은 거창한 것이 아니라네."

만공은 그때부터 경허 스님의 누더기가 누더기로 보이지 않았다고 합니다. 법당에 앉아 있는 부처님처럼 금빛으로 보였던 것이지요. 그러나 신도들은 경허 스님을 볼 때마다 코를 틀어쥐었습니다. 역한 냄새가 났기 때문입니다.

할 수 없이 만공은 꾀를 하나 내었습니다.

어느 날 만공은 경허 스님 앞에 새 옷을 내놓고 말했습니다.

"스님, 이 가사는 스님께 드리려고 신도가 놓고 간 것입니다. 어떻게 하면 좋겠습니까? 돌려드리는 것이 좋겠습니까, 아니면 스님께서 입으시는 것이 좋겠습니까?"

경허 스님은 만공의 속마음을 이미 꿰뚫어 보고 있었습니다. 빙그레 웃으시더니 이렇게 말하는 것이었습니다.

"만공, 이 새 가사를 입겠네. 신도의 마음을 아프게 해서는 안 되겠지."

"그럼, 이 헌 가사는 깨끗이 빨아 기워서 제가 입겠습니다."

"다만, 빨기 전에 만공이 할 일이 하나 있네."

"무슨 일입니까?"

"그 헌 가사에 있는 빈대와 벼룩을 새 가사로 옮겨 주게나. 그러면 모든 일이 다 해결되지 않겠나."

만공은 마음속으로 혀를 내둘렀습니다. 자신이 한 생각은 잔꾀에 불과했으나 스승 경허 스님의 생각은 자비로운 마음에서 우러나오는 지혜였기 때문입니다.

아무리 수행을 한 스님들도 징그럽게 생긴 뱀을 싫어하기는 세상 사람들과 마찬가지라고 합니다. 암자 마당으로 뱀이 넘어오면 작대기 같은 것으로 담 밖으로 내쫓아 보내지요. 그러나 불교의 최고 경지는 이 세상의 만물과 한 몸이라는 것을 깨닫는 일이지요. 스멀스멀 기어가는 뱀도 사실은 한 생명에서 나온 한 형제지요.

하루는 이런 일도 있었습니다.

경허 스님이 공부하는 방은 낮에도 어두컴컴한 동굴처럼 생긴 암자 뒷방이었습니다. 만공은 방에 들어갈 때마다 등불을 켜곤 했습니다. 만공은 등불을 켜고 스승을 불렀습니다.

"스님, 스님⋯⋯."

경허 스님의 대답이 들리지 않자, 만공은 등불을 들고 방으로 들어갔습니다. 경허 스님은 누워 잠을 자고 있었습니다. 그런데 만공은 깜짝 놀라고 말았습니다. 커다란 구렁이 한 마리가 경허 스님의 배와 어깨에 걸려 있는 것이었습니다.

"스님, 뱀입니다. 조심하십시오."

잠에서 깬 경허 스님은 태연하게 말했습니다.

"실컷 놀다 가도록 가만히 내버려 두게나."

한참 후에야 뱀은 스르르 번들거리는 몸을 움직여 방 밖으로 나갔습니다.

"스님, 무섭지 않습니까?"

"온 생명이 나와 한 몸이라는 것을 깨달았는데 무엇이 무섭고 징그럽단 말인가."

그렇습니다. 경허 스님은 이 한 가지 일화만 보더라도 깨달음을 얻은 부처임이 분명합니다. 이 세상 모든 사람이 싫어하는 뱀과 친구가 되어 놀아 주는 수행자가 과연 몇이나 되겠습니까? 그래서 불교에서는 무엇을 사랑해야 한다고 말하지 않고 무엇과 한 몸이 되라고 가르칩니다. 한 몸이 된다는 것은 자비로운 마음속에서 산다는 의미이고, 비로소 부처가 된다는 뜻이지요.

경허 스님은 사람도 차별하지 않았습니다. 신분이 귀한 사람이건 천한 사람이건 다 귀한 손님으로 생각하고 맞아들였습니다. 경허 스님이 해인사 조실 스님으로 계실 때였습니다. 나병에 걸린 미친 여자가 해인사를 찾아와 하룻밤 재워 달라고 했습니다. 스님들이 미친 여자를 쫓아냈습니다. 그러나 미친 여자는 잘 곳이 없어 밤중에 해인사로 다시 올라왔습니다. 절 밖의 어느 마을에서도 미친 여자를 받아 주지 않았습니다. 나병이 걸린 데다 미친 여자를 세상이 버린 셈이었습니다. 얼굴이 일그러진 미친 여자를 본 경허 스님은 조실채로 불러들여 재웠습니다. 다음 날 이른 아침에 경허 스님을 시봉하는 만공이 조실채 방문 앞에서 인기척을 했습니다.

"조실 스님 일어나셨습니까?"

"……"

만공은 걱정이 되어 방문을 열었을 때 깜짝 놀라고 말았습니다. 스님은 윗목에서, 미친 여자는 아랫목에서 자고 있었습니다. 조실 스님이 파계를 하다니, 만공은 큰일 났다고 생각하면서 쩔쩔맸습니다. 그때 경허 스님이 말했습니다.

"무얼 그리 놀라시는가?"

"스님, 여자와 한방에서 자는 것은 파계가 아닙니까?"

"모든 사람이 부처인데 어찌 파계란 말인가. 내 눈에는 이 여자도 부처일 뿐이네."

자세히 보니 여자의 문드러진 코에서는 누런 고름이 나와 있고 손가락은 여러 마디가 떨어져 없었습니다. 너무도 흉해서 한순간도 보기가 어려운데, 부처라고 하니 만공은 할 말을 잃었습니다. 경허 스님이 다시 말했습니다.

"아침상에 이 보살의 공양(식사)도 올리게."

"스님 방에 재워 준 것도 모자라 공양까지 함께하시겠다는 말씀입니까?"

"부처를 모시려면 침식을 함께해야지."

만공은 조실채를 나와 혀를 내둘렀습니다. 제자로서 스승의 모든 행동을 닮고 싶었지만 이 일만은 차마 따라 할 자신이 없었습니다.

스님 친구가 된 삽살개

지장 스님의 바람

　　개를 키우는 절이 더러 있지요. 어느 절에 가면 목에 염주를 걸고 다니는 개도 있습니다. 스님 중에는 유난히 개를 사랑하는 분들이 많습니다. 개가 병에 걸려 죽거나 수명이 다하면 사람과 똑같이 사십구재를 지내주고 그래도 아쉬워서 개의 유품을 태우는 동안에 눈물 콧물 흘리면서 흐느끼는 스님도 있습니다.

　　오늘은 통일신라 시대 때 왕자로 태어난 김지장과 삽살개의 얘기를 들려주려고 합니다. 김지장은 왕족으로서 호화로운 생활을 버리고 고행해야 하는 출가를 하지요. 구도자가 되어 세상 사람들을 위해 사는 것이 그의 꿈이었기 때문입니다. 김지장은 서라벌 왕궁을 떠나 오대산 깊은 산중으로 들어가

긴 머리를 잘랐습니다. 그런 뒤 지장 스님은 고통스러운 수행을 합니다. 오대산에 훌륭한 스님이 있다고 소문이 나자 서라벌에서 사람들이 몰려옵니다. 할 수 없이 지장 스님은 더 멀리 떠나기 위해 바다를 건너 당나라로 들어가려고 합니다. 그런데 지장 스님은 모든 것을 다 버릴 수는 있어도 자신을 졸졸 따라다니는 삽살개와는 헤어질 수 없었습니다.

당나라로 가려면 배를 타고 황해를 건너야 하는데, 지장 스님에게는 고민거리가 하나 생겼습니다. 뱃사람들이 개를 싫어하기 때문이었습니다. 그렇다고 삽살개를 누구한테 맡길 수도 없었습니다. 그때 삽살개는 지장 스님의 마음을 읽고는 눈물을 흘렸다고 합니다.

　삽살개는 지장 스님의 친구나 다름없었습니다. 지장 스님이 왕자 시절 대신들의 왕권 다툼에 휘말려 깊은 산으로 피신해 있을 때 삽살개는 하루 종일 말벗이 되어 주기도 했고, 밤에는 사나운 산짐승들로부터 지장의 목숨을 지켜주었습니다.

　할 수 없이 지장 스님은 바랑에 삽살개를 숨긴 후 배에 올랐습니다. 다행히 영리한 삽살개는 짖지 않았습니다. 그런데 지장 스님을 태운 배는 바다 중간쯤에 이르러 산처럼 커다란 파도와 비바람을 만나고 말았지요. 한 치 앞도 내다볼 수 없을 만큼 어두컴컴하여 뱃사람들은 당황하였습니다. 돛을 내린 배는 방향을 잃고 거센 파도에 떠밀려 갈 뿐이었습니다.

바로 그때였지요. 지장 스님의 바랑에서 삽살개가 튀어나와 컹컹 짖기 시작했습니다. 지장 스님은 삽살개가 무엇을 말하려는지 알았습니다. 삽살개가 고개를 쳐든 쪽으로 돛을 올려 배를 움직이라는 뜻이었습니다.

"이보시오. 뱃머리를 저쪽으로 돌리시오."

뱃사람들은 온 힘을 다해 지장 스님이 가리키는 대로 돛을 돌렸습니다. 마침내 푸르스름한 새벽빛이 퍼지고 있었습니다. 삽살개가 짖는 소리를 따라 먼 곳에서도 개 짖는 소리가 들려왔습니다. 뱃사람 중에 누군가가 울먹이는 소리로 말했습니다.

"뭍이다!"

그러자 또 누군가가 말했습니다.

"우리는 배를 타고 온 것이 아니라 삽살개를 타고 온 것이오. 삽살개가 우리 모두의 목숨을 지켜 주었으니까."

이 일로 인해서 훗날 사람들은 지장 스님이 당나라로 갈 때 삽살개를 타고서 바다를 건넜다고 말하게 되었던 것이지요.

무사히 중국 땅에 도착한 지장 스님은 중국의 여러 산을 돌아다녔습니다. 수행할 곳을 찾기 위해서였지요. 그러나 지장 스님이 머물 곳은 쉽게 나타나지 않았습니다. 어떤 절에서는 삽살개를 보고서 문전 박대를 했습니다. 당시만 해도 중국에서는 개를 아주 천한 동물로 여겼기 때문이지요.

마침내 지장 스님은 구화산으로 들어갔습니다. 구화산은 아홉 송이의 연꽃 봉우리가 솟은 것 같다고 해서 붙여진 이름이었습니다. 지장 스님은 삽살개를 데리고 구화산 입구에서 아주 깊은 산골짜기로 올라갔습니다. 지장 스님은 작은 동굴을 발견하고서야 걸음을 멈추었습니다.

그날부터 지장 스님은 도토리 죽을 끓여 삽살개와 함께 나누어 먹으면서 힘든 수행을 시작했지요. 동굴 안에서 하루 종일 꼼짝하지 않고 명상하기도 했습니다. 한번은 그런 지장 스님에게 독사가 다가와 그의 다리를 물었습니다. 그러나 지장 스님이 너무나 치열하게 수행하고 있었으므로 그의 몸에 독이 퍼지지 못했습니다.

잠시 후, 아름다운 여인이 다가와 잘못을 빌었습니다.

"스님, 죄송하옵니다. 스님께 잘못을 비는 마음으로 샘물이 나는 곳을 알려드리겠습니다. 오늘부터는 위험하게 낭떠러지 아래로 물을 뜨러 가지 마옵소서."

여인은 샘물이 나오는 곳을 알려 주더니 사라졌습니다. 여인이 사라지는 쪽을 바라보니 독사 꼬리만 보였습니다. 지장 스님은 지체하지 않고 여인이 가리킨 돌무더기를 나무 지팡이로 헤쳤습니다. 그러자 과연 샘물이 송알송알 솟아올랐습니다.

그러던 어느 날이었습니다. 지장 스님이 산 아래 마을로 내려갔다가 다시 산을 오르는데 비명 소리가 들려왔습니다. 달려가 보니 호랑이가 한 소년을 물어뜯으려는 참이었습니다. 그러나 호랑이는 으르렁거릴 뿐 물지는 못했습니다. 삽살개가 호랑이를 향해서 덤벼들려고 했기 때문입니다.

"스님, 살려 주세요."

"사람을 잡아먹으려고 하다니! 고약한 짐승이로군."

지장 스님이 버럭 고함을 치자 호랑이는 슬그머니 뒷걸음을 쳤습니다. 삽살개는 더욱 크게 짖어댔지요. 어느새 호랑이는 산골짜기로 달아났습니다.

다음 날 소년의 아버지가 지장 스님을 찾아왔습니다.

"스님, 아들의 목숨을 구해 준 은혜를 어떻게 보답해야 좋을지 모르겠습니다."

"절을 지을 땅을 좀 주시겠소?"

구화산 일대가 전부 자신의 땅이었던 소년의 아버지는 흔쾌히 허락했습니다.

"이 넓은 구화산이 모두 제 땅이니 걱정하지 마십시오."

"그러면 제 몸에 걸친 가사로 절 땅을 표시하겠습니다."

지장 스님이 가사를 벗어 던지니 때마침 돌개바람이 불어와 구화산을 날았습니다. 이윽고 지장 스님의 가사가 내려앉자 이번에는 삽살개가 가사를 물고 구화산 이곳저곳을 달렸습니다. 말하자면 돌개바람과 삽살개가 절터를 점지해 주었던 것입니다.

이리하여 이때부터 구화산은 온 산자락이 모두 절터가 되었던 것이지요. 중국의 고서에서는 호랑이에게 죽을 뻔한 소년의 이름을 도명이라 하고, 구화산의 주인인 그의 아버지를 민양화, 당시의 삽살개 이름을 '제청' 혹은 '선청'이라고 불렀다는 기록이 있습니다.

민양화는 자식인 도명을 지장 스님에게 출가시키고 자신도 제자가 됩니다. 지장 스님은 절을 하나 짓습니다. 오늘의 화성사가 바로 그 절입니다.

결국 서라벌의 토종개 삽살개는 천수를 누리고 눈을 감았습니다. 지장 스님은 삽살개를 묻어 주고 탑까지 세워 주었습니다. 지장 스님은 날마다 삽살개를 묻은 탑 앞으로 가서 기도했습니다. 다음 생에는 불도를 함께 닦는 도반으로 만나자고 기도했습니다. 그러면 탑 속에서 삽살개가 컹컹 대답하는 듯했습니다.

어미 수달의 뼈는 까만 눈을 반짝거리는
새끼 다섯 마리를 안고 있었습니다.
"짐승도 새끼를 저렇게 사랑하는구나."

3장

스님 바랑에서 꺼낸 지혜

청담 스님 · 구정 스님 · 혜통 스님 · 수불 스님 · 게으른 스님

스님을 혼내 준 호랑이

청담 스님의 바랑

　　청담 스님께서 30대 중반 나이 때의 이야기입니다. 청담 스님께서 직접 보고 들은 체험담이지요. 그때 스님은 봄이나 가을에 설악산 봉정암에서 수행하시곤 했습니다. 겨울에는 봉정암에 눈이 너무 많이 내려 식량이 떨어지면 구할 수 없어서 살기가 힘들었답니다. 그래서 늦가을이 되면 식량이 떨어지기 전에 다른 스님들과 함께 봉정암에서 내려와야 했다고 합니다.

　설악산에 있는 봉정암은 우리나라에서 가장 높은 곳에 있는 암자이지요. 봉정암에서 기도하면 극락에 간다는 이야기가 전해져 특히 할머니 신도들이 많이 찾아가는 곳이랍니다. 거기에는 부처님 진신사리탑도 있는데 목탁 소리와 염불 소리가 끊이지 않지요.

그해에도 청담 스님은 유수 스님과 함께 늦가을이 되어 대청봉을 넘어 산길도 없는 오색약수터를 지나 낙산사 홍련암으로 가던 중이었습니다. 낙산사는 강원도 해변에서 빼어난 경치를 자랑하는 절이지요. 낙산사 암자인 홍련암은 절벽 위에 얹혀 있어 소라고둥처럼 보이고요. 그래서 홍련암 관세음보살님은 하루 종일 파도 소리를 듣고 계시지요.

어느 날 청담 스님이 비탈진 산기슭을 내려오다가 그만 넘어져 손목을 삐게 되었습니다. 그래서 낙산사 홍련암으로 바로 가지 못하고 산골 마을로 들어갔습니다. 산골 마을에서 만난 한 노인에게 물었습니다.

"이 마을에 침을 놓을 줄 아는 분이 있습니까?"

"왜 그러시오?"

청담 스님이 삔 손목을 보여 주자 노인이 말했습니다.

"나는 침을 놓을 줄 알지만 이 마을에 사는 사람이 아니오. 그러니 저기 이장 집이 있으니 같이 가 봅시다."

청담 스님은 노인을 따라 이장 집으로 갔습니다. 청담 스님은 이장에게 인사를 하고 마루에 앉아 노인에게 침을 맞았습니다. 노인이 침을 다 놓고 나서 물었습니다.

"스님들은 어느 절에 계신 분들입니까?"

"설악산 봉정암에 살다가 겨울에는 살 수가 없어 낙산사 홍련암으로 가려고 산길도 없는 약수터 쪽으로 오다가 미끄러져 손목을 다쳤습니다."

노인은 물끄러미 젊은 청담 스님과 유수 스님을 쳐다보더니 미소를 지었습니다.

"내 눈에는 진짜 공부하는 스님들로 보입니다. 고생이 많습니다. 이왕 말이 나왔으니 봉정암 이야기를 하나 하겠습니다."

노인은 스님이 아니지만 절을 다니면서 기도하고 공부하는 거사였습니다. 거사란 남자 신도를 일컫는 말이지요. 그러고 보니 노인의 얼굴은 늙은이답지 않게 해맑았습니다. 말투도 겸손하기 짝이 없었습니다. 청담 스님을 부끄럽게 할 정도로 겸손했습니다.

"절과 기도를 많이 하신 분 같습니다."

"그해 봉정암에서 몇 달 동안 만 배를 했습니다."

"만 배를 하고 나니 무엇이 달라지던가요?"

"한 번을 하더라도 정성을 다하는 것이 중요하다는 것을 깨달았지요."

"아, 그 말씀을 듣고 보니 제가 부끄럽습니다. 저는 옆에 스님이 하니 따라 했을 뿐이었습니다."

그사이 이장이 떡과 술과 안주를 내왔습니다. 스님들은 떡만 먹고 노인은 술 한 잔에 안주를 씹더니 봉정암에 얽힌 이야기를 길게 풀어놓았습니다.

노인은 실타래가 풀어지듯 이야기를 술술 했습니다. 몇 해 전의 일이었습니다. 봉정암에는 어디서 왔는지 모르는 아무런 행동이나 거침없이 하는 스님이 살았다고 합니다. 술도 먹고 여자도 보고 법당에 예불도 하지 않는 속인이나 다름없는 스님이었습니다. 겉모습만 수행자일 뿐 노인보다 못한 스님이었습니다.

"사흘이 멀다고 하고 우리 마을로 탁발을 와서 곡물을 얻고 나면 저 윗집에 혼자 사는 과부 집으로 가곤 했습니다."

마을 사람들 사이에는 스님과 과부가 살림을 차렸다는 소문이 돌았다고 합니다.

"그때 우리 마을에 심마니가 살았지요. 마침 그 심마니는 봉정암에 산신 기도를 하려고 올라갔습니다."

실제로 심마니는 봉정암에서 산삼을 캐게 해 달라고 산신에게 며칠 동안 기도하고 있었지요. 그때 봉정암 스님이 오랜만에 올라왔습니다. 심마니와 스님은 오랜만에 만나 밤늦도록 이야기하다가 한 방을 둘로 나눈 아랫방, 윗방에서 잠을 잤습니다.

새벽이 되었습니다. 갑자기 아랫방에서 자던 스님이 일어나 "에이 재수 없어" 하고 소리를 질렀습니다. 심마니가 놀라 깨어나 왜 그러느냐고 물었습니다. 그러자 스님이 투덜거렸습니다.

"한참 맛있게 잠을 자는데 어떤 영감이 나타나 야단을 치지 뭐요."

스님의 얘기는 사실이었습니다. 수염이 허연 영감이 꿈속에 나타나 "네가 그 버릇을 고치지 않으면 내 식구를 보내어 너를 혼내 주겠다"라고 야단치더니 사라지는 것이었습니다.

심마니는 다시 잠을 청하면서 그 노인의 말이 옳다고 생각했습니다. 심마니도 스님의 못된 행동을 어느 정도는 알고 있었던 것입니다. 심마니는 혼자 중얼거리며 돌아누웠습니다.

"참회는 못 할망정 고약한지고."

그런데 또 얼마 지나자 아랫방 문이 뜯기는 소리가 와장창 들렸습니다. 심마니는 또 놀라 일어나 주위를 살펴보았습니다. 아랫방에서 자던 스님은 보이지 않고 호랑이 울음소리가 으르렁으르렁 산골짜기를 울렸습니다. 무서워 바로 나가지 못하고 주위가 잠잠해져서야 나가 보니 스님은 온데간데없고 봉정암 마당에는 사람의 피가 흩뿌려져 있었습니다.

날이 밝은 후에야 심마니는 서둘러 오세암으로 내려갔습니다. 오세암에 다 와서 숨을 고르는데, 심마니는 또 보지 못할 것을 보고 말았습니다. 스님의 찢긴 시신이 큰 바위 밑에 널브러져 있었습니다.

　나중에 알고 보니 스님만 화를 당한 게 아니었습니다. 과부도 베틀에 앉아 삼을 잣다가 문을 뜯고 내민 호랑이 앞발에 머리를 한 움큼 뽑혀 대머리가 되었습니다. 문이 꼭 잠겨 있어 몸이 밖으로 튕겨 나가지 않아 목숨만은 건졌던 것입니다.

　"스님들께서 수행을 잘하시는 것 같아 봉정암이 보통 절이 아니라는 것을 알려드리고 싶어 제가 이 이야기를 했습니다."

　"봉정암을 지키는 호랑이군요."

"그렇습니다. 스님들께서는 부디 나라를 구하신 서산, 사명 같은 큰스님이 되십시오."

이야기를 마친 노인은 침 놓은 값을 받지 않고 마을을 먼저 내려갔다고 합니다. 겨울이 지나 청담 스님과 유수 스님은 다시 봉정암으로 올라가 참혹하게 죽은 스님을 위해 천도재를 지내 주고, 그해 여름은 봉정암에서 나지 않고 묘향산 선령대로 갔다고 합니다.

이와 벼룩도 소중한 생명

구정 스님의 바랑

　　절에 가면 법당 바깥벽에 그림들이 그려져 있습니다. 벽에 그려진 그림을 벽화라고 하지요. 그런데 그런 벽화 중에는 산신령처럼 눈썹이 허연 노승과 작은 가마솥을 들고 있는 젊은 제자가 그려진 그림이 있습니다. 노승이 손가락으로 가마솥을 든 젊은 제자에게 뭔가를 가르치는 그림이지요.

　　노승의 표정은 만족스럽지 못한 듯하고, 작은 가마솥을 두 손으로 든 젊은 제자는 노승이 시키는 대로 고분고분 일하는 모습입니다. 도대체 노승과 젊은 제자 사이에는 무슨 일이 벌어졌던 것일까요?

젊은 제자는 원래 옷감 장사를 하는 청년이었다고 합니다. 옷감이 든 보따리를 등에 지고 전국을 돌아다니는 장사꾼이었지요. 청년의 보따리에는 무명천이나 명주, 삼베 등 여러 가지 옷감이 들어 있었습니다. 청년은 부자들이 비단을 주문하면 먼 길도 마다하지 않고 날라다 주었습니다. 그래서 부자들은 청년에게 비단 장사꾼이라고 부르기도 했답니다.

그날도 청년은 비단을 보따리에 넣고 험준한 고갯길을 오르고 있었습니다. 고개 너머에 사는 부자가 미리 비단을 주문해 두었던 것이지요. 청년은 고갯마루 나무그루터기에 앉아서 땀을 들이며 쉬고 있었습니다.

그런데 눈썹이 허연 노승이 다른 길손들은 모두 앉아서 쉬고 있는데, 나무 저편에서 꼼짝 않고 서 있기만 했습니다. 길손들은 고갯마루를 올라오느라 힘들었는지 처음에는 노승을 이상하게 쳐다보다가 이내 관심을 두지 않았습니다. 그러나 보따리 장사꾼 청년은 누더기를 걸친 노승의 행동이 자못 궁금했습니다.

　노승은 누가 자신을 보건 말건 부처님처럼 얼굴 가득히 미소를 띠며 서 있기만 했습니다. 청년은 더욱 궁금해졌습니다. 노승에게 다가가 묻지 않고는 견딜 수 없었습니다. 청년은 노승에게 다가가 물었습니다.

　"스님, 무슨 좋은 일이라도 있습니까?"

　"왜 그런가, 젊은이."

　"사람들은 고개를 올라오느라 다들 힘들어하고 있는데, 스님께서는 지금 미소를 짓고 계시지 않습니까?"

"나는 지금 중생들에게 공양을 시키는 중이라네."

"중생이 어디 있단 말입니까?"

청년은 노승의 주위를 돌아보며 말했습니다.

"이 누더기 속에 있다네. 누더기 속에서 중생들이 맛있게 공양하고 있다네."

청년은 점점 더 이상하여 재차 물었습니다.

"도대체 누더기 속에 무슨 중생이 있다는 말씀입니까?"

"허허허. 아직도 내 말을 알아듣지 못하는구먼. 누더기 속에 있는 이와 벼룩에게 나의 피를 먹이고 있다는 말이네."

그제야 청년은 노승을 뚫어지게 바라보았습니다. 노승은 여전히 움직이지 않고 있었습니다. 청년은 노승이 움직이지 않는 이유를 깨달았습니다. 노승은 이와 벼룩이 피를 빨아 먹는 데 불편하지 않도록 움직이지 않고 있었던 것입니다.

'도인이란 하찮은 이와 벼룩을 위해서도 몸을 바치는 분이구나!'

청년은 문득 노승의 제자가 되고 싶었습니다. 그래서 청년은 산길을 걷는 노승의 뒤를 졸졸 따라갔습니다. 노승이 도착한 곳은 오대산 월정사 위 산골짜기에 있는 관음암이었습니다. 마침 관음암에는 노을이 붉게 타고 있었습니다. 노승 뒤로는 노을이 탱화처럼 펼쳐져 있었습니다. 청년은 노승이 부처님 같다고 생각했습니다. 청년은 노승 앞에서 무릎을 꿇었습니다.

　"스님, 저를 제자로 받아 주십시오. 저는 옷감을 파는 보따리 장사꾼이옵니다. 그런데 오늘 스님의 자비로운 모습을 보고 깨달은 바가 있습니다. 저도 스님처럼 자비로운 도인이 되고 싶습니다."

"도인이 되고 싶다는 말이지?"

"그렇습니다. 지금까지 어떤 부자의 얼굴에서도 스님 같은 자비로운 얼굴을 발견하지 못했습니다. 재산이 많은 부자일수록 더욱 불안해할 뿐이었습니다."

"그렇다면 무슨 일이든 내가 시키는 대로 말없이 하겠느냐?"

"반드시 하겠습니다."

노승은 청년의 출가를 허락했습니다. 청년은 자신이 메고 왔던 보따리를 부처님 앞에 맡기고서는 해진 옷으로 바꿔 입었습니다. 다음 날부터 청년은 노승이 시키는 일을 했습니다. 그런데 노승은 청년에게 솥을 거는 일만 시켰습니다.

청년은 일이 서툴렀으므로 솥 하나를 거는 데 하루가 걸렸습니다. 흙에다 썰어 놓은 짚을 섞어 아궁이를 만드는 일부터 간단치 않았습니다. 솥 거는 일은 이른 아침에 시작해도 저녁 무렵에야 끝나곤 했습니다.

"스님, 새 아궁이에 솥을 걸었습니다. 불을 지필까요?"

"아니다. 아궁이 위치가 잘못됐다. 그러니 내일 다시 저쪽에 아궁이를 만들어 걸어라."

다음 날 또 아궁이를 만들어 솥을 걸면 노승은 다른 말을 했습니다.

"솥이 한쪽으로 기울었으니 내일 아궁이를 뜯고 다시 걸도록 해라."

그래도 청년은 노승이 시키는 대로 할 뿐이었습니다. 다음 날 솥이 기울지 않게 하고서는 부뚜막을 반질반질하게 매흙질까지 했습니다. 그러나 노승은 지팡이로 부뚜막을 허물어 뜨려 버렸습니다.

"이 아궁이는 쓸모가 없을 것 같으니 뒷방 아궁이를 고쳐 걸도록 해라."

청년은 아궁이를 만들고 고쳐 솥 걸기를 아홉 번이나 했습니다. 그제야 노승이 청년의 머리를 깎아 주며 법명을 주었습니다. 솥을 아홉 번 걸었다는 뜻으로 구정(九鼎)이라는 법명을 내렸습니다. 구(九)는 아홉 구이고요, 정(鼎)은 솥 정이지요.

젊은 구정은 훗날 스승처럼 자비로운 선사가 되었다고 합니다. 그리고 그 역시 스승처럼 날마다 이와 벼룩에게 공양을 시켰답니다. 아무리 찬 바람이 쌩쌩 부는 한겨울에도 눈밭에서 꼼짝 않고 서서 이와 벼룩에게 자신의 피를 먹였던 거지요.

우리가 징그럽다고 여기는 이와 벼룩에게도 자비심을 베푼 스님이라면 참으로 인자한 스님이 아니겠습니까? 사람의 생명이라고 해서 더 귀하고, 이나 벼룩의 생명이라고 해서 하찮은 것이 아니랍니다. 이 세상의 생명은 모두가 똑같이 소중하기 때문입니다.

죽어서도 자식을 사랑한 어미 수달

혜통 스님의 바람

혜통은 신라 신문왕 때의 스님이지요. 스님의 별명은 '왕스님'이었습니다. 이마에 왕(王) 자 무늬가 새겨져 있었기 때문입니다. 왕스님이라는 별명이 붙은 사연은 이러했습니다.

스님은 당나라로 유학을 가 스승을 찾았습니다. 젊은 혜통이 찾은 스승은 인도 마갈타국 임금이었던 삼장 스님이었습니다. 삼장 스님은 젊은 혜통을 시험했습니다. 공부하겠다는 제자의 마음이 얼마나 간절한지 알고 싶었던 것입니다.

삼장 스님은 3년 동안이나 제자 되기를 원하는 젊은 혜통을 물리쳤습니다. 어떤 날은 조롱하고 무시하기까지 했습니다.

　　"오랑캐 나라, 신라 사람이 어찌 부처님 진리를 배우겠다고 하시오."

　　혜통은 죽기를 각오했습니다. 불이 든 무쇠 항아리를 머리에 이고 버텼습니다. 마침내 정수리가 소리를 내며 터졌습니다. 그제야 삼장 스님은 혜통의 강철 같은 의지를 확인하고는 제자로 맞아들였습니다.

간절하게 결심한 만큼 공부도 크게 이루어지는 법이지요. 혜통은 신라로 돌아와 큰스님이 되었습니다. 왕은 병이 나면 의원을 부르지 않고 혜통 스님을 모셔오게 했습니다. 그만큼 혜통 스님을 존경하였던 것입니다. 혜통 스님은 아무리 왕 앞이라 하더라도 부처님의 진리만을 말했습니다.

신문왕이 등창이 나 불렀을 때도 혜통은 왕이 전생에 지은 죄를 지적했습니다. 그 당시 등에 부스럼이 나는 등창은 죽음을 부르는 무서운 병이었고, 전생이란 자신이 태어나기 전의 상태를 말하지요. 신문왕은 전생에 재판관을 지낸 사람이었습니다. 그런데 재판관 시절에 죄 없는 양민 신충을 잘못 판결하여 종으로 삼은 적이 있었습니다. 하루아침에 종이 된 신충의 원한이 얼마나 컸겠습니까? 신문왕의 등창은 화병이 나 죽은 신충의 원한이 맺혀서 생긴 고름이었습니다. 혜통은 신문왕에게 말했습니다.

"원한은 원한을 낳습니다. 신충의 원한을 절을 세워 반드시 풀어 주소서."

절을 세워 신충의 명복을 빌어 주자, 과연 하늘에서 그의 소리가 들려왔습니다.

"왕께서 절을 세워 주시어 괴로움에서 벗어나 하늘에서 다시 태어났으니 원망은 이미 풀렸습니다."

출가하기 전 혜통의 이름은 낭이었습니다. 낭도 사실은 마을 친구들처럼 아무 거리낌 없이 짐승을 잡아 죽여 먹곤 했습니다. 그러나 낭은 어미 수달을 잡아 죽인 후에 크게 뉘우치고 출가를 결심했던 젊은이였습니다. 낭의 집은 경주 남산의 서쪽 기슭에 있었는데, 집 앞으로는 은빛으로 흐르는 내가 하나 있었다고 합니다.

마을 청년들에게 냇물은 멱도 감고 고기도 잡는 곳이었습니다. 낭도 여름날에 일하거나 놀다가 땀이 나면 옷을 훌훌 벗고 냇물로 들어가 멱을 감곤 했습니다. 맑은 내에는 수달이 많이 모여들었습니다. 너구리처럼 생긴 수달은 잉어나 붕어를 잡아먹고 사는 짐승이었습니다.

　수달은 꾀가 많아서 사람들에게 잘 잡히지 않고, 바위를 이리저리 굴리면서 가재를 잡아먹는 영리한 짐승이었습니다.

　'저놈을 어떻게 잡는다지?'

낭은 날마다 수달을 잡는 방법을 연구했습니다. 그러다 낭은 수달이 사람의 눈을 피해 밤에만 마을 앞으로 내려와 물고기를 잡는다는 사실을 알았습니다. 낭은 마른 칡넝쿨로 새끼를 꼬았습니다. 꼰 새끼로는 그물을 만들었습니다. 낭이 만든 그물은 짐승이 도망치려고 하면 더욱 주둥이가 조여지는 자루 같은 모양이었습니다. 그러니 아무리 꾀가 좋은 수달이라도 한 번 걸려들면 절대로 도망치지 못할 것이었습니다.

그러나 수달은 눈치를 챘는지 더 이상 나타나지 않았습니다. 짐승도 물가에 놓인 그물을 보면 두려워 가까이하지 않는 모양이었습니다. 그래도 배가 고프면 나타나겠지, 하고 낭은 낙담하지 않고 기다렸습니다.

마침내 낭은 어느 날 수달 한 마리가 그물에 걸려 있는 것을 발견했습니다. 수달은 얼마나 배가 고팠던지 밤이 아닌 한낮에 내려왔다가 그물에 걸려 발버둥 치고 있었습니다. 뼈가 앙상하게 드러난 어미 수달이었습니다.

얼마 전에 새끼를 낳았는지 배가 홀쭉한 수달이었습니다. 그러나 낭은 오랫동안 기다렸던 수달이어서 망설이지 않고 죽였습니다. 고기를 발라 식구들과 함께 먹으려고 망태에 넣었습니다. 아무짝에도 쓸모없는 뼈는 수달을 잡았던 물가의 동산에 버렸습니다.

그런데 집에 돌아온 낭을 어른들이 칭찬해 주기는커녕 오히려 타박했습니다.

"고기보다는 뼈가 더 약이 되는 줄 몰랐구나. 누가 가져갈지 모르니 날이 새면 어서 그곳으로 가서 가져오너라."

다음 날 새벽이 되자, 낭은 수달의 뼈를 주우러 물가의 동산으로 갔습니다. 그러나 뼈는 그 자리에서 사라지고 없었습니다. 낭은 한동안 주위를 두리번거렸습니다. 뼈가 움직인 듯 핏자국이 물가 쪽으로 한 방울 한 방울 떨어져 있는 게 보였습니다.

'뼈가 살아서 움직인 걸까?'

낭은 핏자국을 따라가 보았습니다. 핏자국은 물가의 동굴 앞에서 사라지고 없었습니다. 낭은 동굴 안을 자세히 살펴보았습니다. 뼈는 동굴 안에 있었습니다. 어미 수달의 뼈는 까만 눈을 반짝거리는 새끼 다섯 마리를 안고 있었습니다.

'짐승도 새끼를 저렇게 사랑하는구나. 사람보다 더 새끼를 사랑하는구나.'

낭은 자신을 낳아 준 어머니를 생각하고는 크게 뉘우쳤습니다. 어미 수달을 죽인 자신을 꾸짖으며 낭은 출가를 결심했습니다. 출가하여 낭은 이름을 혜통으로 바꾸었습니다.

신문왕은 절을 지어 신충의 원한을 없애 주었고, 낭은 혜통이라는 큰스님이 되어 수달의 원한을 풀어 주었습니다. 사람이라면 누구나 눈물 한 방울만큼의 원한도 짓지 말고 살아야 하지 않을까요? 그러나 원한을 맺었다면 반드시 깨끗하고 간절한 마음으로 풀어 주어야 합니다. 남의 눈에 눈물 흘리게 하면 자신의 눈에서는 피눈물이 흐른다는 우리 속담도 있지 않습니까.

독사로 인연 맺은 스승과 제자

수불 스님의 바람

　　봄이 슬금슬금 다가오는 겨울 끝이었습니다. 계곡에 얼음이 녹고 다시 물이 흐르기 시작했습니다. 계곡물도 겨울잠에서 깨어나고 있었습니다. 계곡물뿐만 아니라 땅속으로 들어간 다람쥐나 오소리, 개구리들도 마찬가지였습니다. 똬리를 틀고 겨울잠을 자던 뱀들도 꾸물꾸물 기지개를 켰습니다.

　　연둣빛으로 부풀어 오른 매화꽃망울도 막 문을 열기 전이었습니다. 햇볕이 며칠 더 만져 주면 꽃이 피어날 듯 꽃망울은 팽팽해졌습니다. 매화꽃망울이 일제히 문을 열면 개구리들이 겨울잠에서 깨어 나와 청아한 목소리로 개골개골 노래하겠지요. 암자가 있는 골짜기도 슬그머니 열리고요.

그러나 아직 땅으로 나온 산짐승이나 벌레들은 없었습니다. 바람 끝은 차가웠습니다. 겨울이 물러가면서 시샘을 부렸습니다. 땅속에서 겨울잠을 자는 산짐승이나 벌레들에게 며칠 더 있다가 나오라고 하는 듯했습니다. 수불 스님은 노스님을 시봉하기 위해 큰절 범어사에서 내원암으로 올라와 있었습니다. 강원(사찰 교육기관)을 마친 스님에게 은사 지명 스님이 노스님을 시봉하라고 당부했던 것입니다. 노스님은 일본에서 유명한 대학을 나온 능가 스님이었습니다. 능가 스님은 모르는 것이 없을 만큼 온갖 학문을 많이 접한 학식이 깊은 분이었습니다. 날마다 수불 스님은 한 시간 이상씩 노스님 앞에 무릎을 꿇고 앉아 대학교에서 강의를 듣듯 법문을 들었습니다. 은사 지명 스님이 노스님에게 보낸 이유는 간접적이나마 세상의 학문을 접하고 생각의 폭을 넓히라는 것이었습니다. 수불 스님이 하는 일은 노스님을 시봉하고 노스님의 법문을 듣고 암자 안팎을 정갈하게 쓸고 닦는 것이었습니다.

겨울이 물러가고 봄이 느릿느릿 산자락을 넘어오는 어느 날이었습니다. 서너 명의 여성이 암자를 찾아 올라오고 있었습니다. 수불 스님은 노스님을 찾아오는 신도들이겠거니 하고 무심코 보았습니다. 그런데 여신도 중에 큰언니인 듯한 신도가 노스님을 뵙기 전에 시봉하는 수불 스님에게 먼저 큰절을 했습니다. 수불 스님은 큰절을 받으면서 머쓱해졌습니다. 노스님이 받아야 할 큰절을 자신이 받는 것 같았기 때문입니다. 큰언니 신도는 아주 자연스럽게 큰절을 했습니다. 공손하면서도 당당했습니다. 절에 오래 다닌 것이 분명했습니다. 데면데면하지 않고 수불 스님을 바로 바라보았습니다.

　그런데 방 안의 분위기가 이상해졌습니다. 큰언니 신도가 일어서지 않고 무릎을 꿇은 채 놀란 얼굴을 하고 있었습니다. 수불 스님도 눈치를 챘습니다. 큰언니 신도를 따라온 동생 같은 신도들이 술렁거렸습니다. 큰언니 신도는 수불 스님 앞에서 꼼짝을 못 했습니다. 수불 스님에게서 흰빛이 나고 있었습니다. 잠시 후 정신을 차린 큰언니 신도는 독백을 하듯 중얼거렸습니다.

　"스승님이 되어 주십시오. 그동안 스승을 못 찾고 방황했습니다. 스승님 가르침을 받고 싶은 마음이 목울대까지 차올랐습니다. 목울대에 가시가 걸린 듯 가슴이 답답합니다."

그러나 수불 스님은 자신이 누군가의 스승이 된다는 생각은 아예 없었습니다. 자신은 더욱더 정진해야 할 수행승이라고 생각했기 때문입니다. 이윽고 큰언니 신도가 말했습니다.

"스님, 저의 스승님이 되어 주십시오."

"그런 생각을 해 본 적이 없으니 노스님께 가 보세요."

옆에 있는 여신도들이 깜짝 놀랐습니다. 지금까지 보았던 큰언니의 모습이 아니었습니다. 수불 스님 앞에서 매달리는 모습을 이해할 수 없었습니다. 날마다 큰언니처럼 의지하고 따라다녔는데 무슨 일인가 싶었습니다.

사실, 여신도들이 큰언니 신도를 의지하고 따를 만한 이유는 많았습니다. 큰언니 신도는 누구보다도 기도를 잘했습니다. 파도 소리가 가깝게 들리는 홍련암에 갔을 때의 일입니다. 어둠이 내리어 바다가 보이지 않았습니다. 이따금 어선들의 불빛이 멀리서 깜박거리며 나타났다가 사라질 뿐 땅과 바다는 어둠과 한 덩어리가 되었습니다. 조그만 법당은 무인도처럼 적막했습니다.

큰언니 신도는 관세음보살상 앞에서 기도를 시작했습니다. 그것도 발뒤꿈치를 들고 했습니다. 여신도들이 따라 할 수 없는 고통스러운 관음기도였습니다. 보통 신도들은 시늉도 할 수 없는 고행 기도였습니다. 그러나 큰언니 신도는 보란 듯이 초저녁에 시작하여 자정을 넘겼습니다. 여전히 발뒤꿈치는 들려 있었고 몸은 미동도 하지 않았습니다.

어느새 법당 문이 파랗게 물들고 있었습니다. 관세음보살님이 몰고 오는 새벽빛이었습니다. 바다도 파랗게 드러났습니다. 어선들이 잠에서 깨어나 통통 소리를 내며 푸른 바다를 가로질러 갔습니다. 바다는 부지런한 어선의 기계 소리로 소란스러워졌습니다. 그제야 큰언니 신도는 발뒤꿈치를 내리고 기도를 끝냈습니다. 그러나 전혀 피곤해하거나 고통스러워하지 않았습니다. 홍련암 스님이 여신도들에게 말했습니다.

"저 보살님은 기도 삼매경에 들었습니다. 관세음보살님과 함께 밤을 새운 것입니다. 앞으로도 뒤로도 이런 일은 없을 것 같습니다."

큰언니 신도에 관한 이야기는 홍련암 기도 이후 가까운 여신도들 사이에서 입에서 입으로 퍼졌습니다. 여신도들이 큰언니 신도를 찾아와 함께 절에 다니기를 원했습니다. 저절로 무리가 생겼습니다.

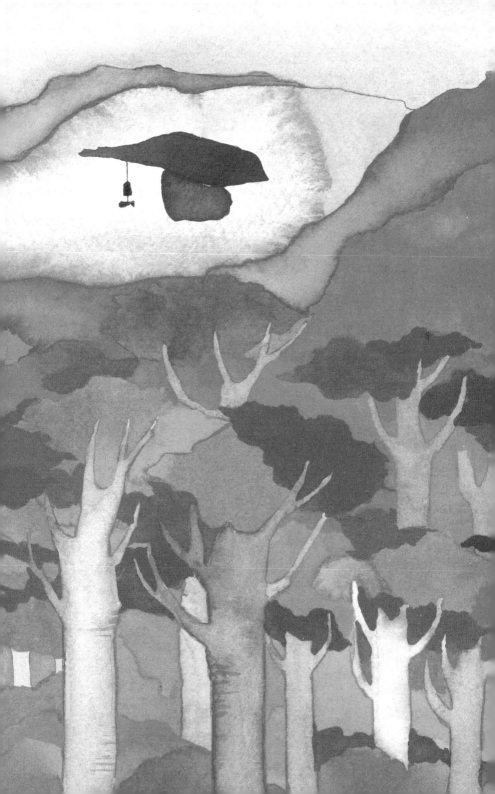

큰언니 신도 모습은 예전과 달랐습니다. 수불 스님 앞에서 어쩔 줄 몰라 했습니다. 한 여신도가 말했습니다.

"언니, 노스님을 뵈러 왔으니 이제 일어나요."

"아니다. 나는 스승님을 만났으니 됐다."

수불 스님은 난감했습니다. 스님이 보기에 큰언니 신도에 게는 부질없는 아만이 있었습니다. 한번 고집을 피우면 관철하고야 마는 자신감이 가득 차 보였습니다. 그것을 절집에서는 상(相)이라고 부르지요. 수불 스님도 어쩔 수 없이 한마디 했습니다.

"보살은 상 덩어리가 꽉 차 있어요. 얼른 노스님께 가 봐요."

"아닙니다. 이제야 스승님을 만났습니다. 저의 스승님이 되어 주십시오."

"보살님은 자신감이 넘치는 분 같은데 저기 좀 봐요."

수불 스님이 가리키는 것은 암자 창문 밖으로 지나가는 여신도였습니다. 수불 스님이 질문을 던졌습니다.

"저 지나가는 보살의 머리카락이 몇 개인지 알아맞혀 봐요. 한 개도 틀리지 말고."

"⋯⋯."

"보살이 해 온 공부(기도)는 부처님의 참된 가르침이 아니오. 참선을 하면 부처님 가르침을 바로 알 수 있어요. 그것이 지름길이오."

"스님, 참된 공부를 하고 싶습니다."

수불 스님은 큰언니 신도가 완강하게 버티자 일어나 버렸습니다. 방문을 열고 나가더니 암자를 내려가 사라졌습니다. 할 수 없이 큰언니 신도는 노스님을 뵙는 둥 마는 둥 하고 여신도들과 함께 암자를 내려가 집으로 돌아갔습니다. 그러나 허탈하기는커녕 스승을 찾았다는 생각에 가슴은 마냥 설렜습니다. 큰언니 신도는 기쁨으로 마음이 충만해졌습니다.

'그래, 내가 누구인지 세상이 뭔지를 머리카락 한 올 한 올 세 듯 환히 꿰뚫어 보는 것이 참된 공부일 거야. 내 소원을 비는 기도란 내 욕망일 뿐이지.'

큰언니 신도는 며칠 후 다시 내원암으로 올라갔습니다. 마침 수불 스님이 마당을 쓸고 있었습니다. 비질한 마당에 햇살이 선명하게 비치고 있었습니다. 그러나 산자락에는 여전히 봄은 와 있지 않았습니다. 마른 낙엽이 어디론가 도망치듯 부는 바람에 뒹굴고 있었습니다. 매화꽃망울도 연둣빛 그대로였습니다. 개구리 노랫소리도 들리지 않았습니다. 다람쥐도 게으른 봄을 탓하는지 굴속에서 나오지 않고 있었습니다. 큰언니 신도가 수불 스님을 뵙자마자 하소연하듯 말했습니다.

"스님, 스승님으로 모시고 싶습니다."

"정말 그래요?"

수불 스님은 큰언니 신도를 암자 뒤로 데리고 갔습니다. 결과적으로는 시험하기 위해서 데리고 간 셈이었습니다. 암자 법당으로 가기에는 아직 이르다는 생각이 들어서였습니다. 노스님이 계시기 때문에 무례하다는 생각이 났던 것입니다.

암자 뒤 풀밭에는 반반한 반석이 방석처럼 놓여 있었습니다. 새싹이 돋아나지 않은 풀밭은 아직 누런 빛이었습니다. 수불 스님은 절을 받기 위해 거뭇거뭇한 반석 앞에 앉았습니다. 스승으로 모시려면 반드시 세 번 큰절하는 것이 절의 풍습이었습니다. 큰언니 신도는 반석 위에서 큰절하려고 섰습니다.

그런데 이게 웬일입니까? 머리는 세모나고 몸뚱이는 검은 빛인 독사 한 마리가 큰언니 신도 앞으로 다가오고 있었습니다. 보통 뱀들은 아직 나오지 않는 날인데 이상한 일이었습니다. 독사는 다른 곳으로 가지 않고 큰언니 신도 앞으로 점점 다가왔습니다. 독사는 겨우내 먹이를 먹지 않았는지 독이 잔뜩 오른 모습이었습니다. 머리를 무섭게 쳐들고 혀를 날름거렸습니다. 큰언니 신도는 망설였습니다. 절하려고 머리를 굽히면 자신을 공격하는 줄 알고 달려들 것만 같았습니다. 두려움으로 등줄기에 전율이 흘렀습니다.

'머리를 숙이면 저놈이 나를 물지도 몰라.'

'물리면 나는 죽을 거야.'

수불 스님은 지켜보기만 했습니다. 위험하니 그만두라고 만류하지 않았습니다. 독사가 큰언니 신도를 물지 않으리라 판단했습니다. 독사는 겨우내 바깥세상을 구경하지 못했으므로 눈이 부셔 아무것도 보지 못하는지도 몰랐습니다. 느릿느릿 움직이는 것을 보니 그런 생각이 들었습니다. 독사가 무섭다느니 징그럽다느니 하는 것은 사람의 편견일 뿐입니다. 독사는 반대로 사람이 무섭고 징그러울 수 있습니다. 그러니 눈앞의 독사를 살기 위해 세상에 나온 한 생명으로 보면 그만이었습니다. 큰언니 신도는 순간 자신의 마음을 정리했습니다.
　'스승님을 만났으니 독사에 물려 죽어도 여한이 없다.'

마음을 정리하자 두려움이 사라졌습니다. 예법대로 큰절을 시작했습니다. 독사가 눈에 들어오지 않았습니다. 오롯이 절 하는 생각뿐이었습니다. 홍련암에서 기도하는 동안 얻었던 힘이 되살아난 듯했습니다.

세 번 절하고 나니 독사는 어디론가 사라지고 없었습니다. 수불 스님의 입가에 미소가 감돌았습니다.

"보살님, 나 태어난 해가 뱀의 해라오. 뱀띠지요."

"스승님이 되어 주시니 감사할 뿐입니다."

햇살이 암자 뒤뜰에 금싸라기처럼 떨어졌습니다. 독사가 지나간 누런 풀밭이 곧 푸릇푸릇 움이 틀 것만 같았습니다. 훗날 수불 스님은 큰언니 신도에게 '무량심'이란 법명을 내려 주었습니다. 무량심 보살은 참선만 하는 안국선원을 지키는 울타리가 되었습니다. 안국선원의 큰언니 역할을 하게 된 것입니다.

처마 끝에 매달린 물고기

게으른 스님의 바랑

　　바람이 불면 절의 처마 끝에서 뎅그랑뎅그랑 소리를 내는 물고기 모양의 금속판이 있습니다. 스님들은 그것을 '풍경'이라고 부릅니다. 물고기 모양의 금속판이 지나가는 바람을 만나 이리저리 움직이면서 소리를 내지요.

　　그런데 움직이는 금속판이 왜 하필이면 물고기 모양일까요? 물고기는 물에서 사는데 왜 허공에 매달려 뎅그랑뎅그랑 울고 있을까요? 여기에는 다음과 같은 전설이 전해집니다.

옛날 어느 암자에 노승이 살고 있었습니다. 대숲으로 둘러싸인 암자는 강 건너 가파른 절벽 위에 지어져 있었습니다. 햇볕이 하루 종일 비추고 멀리 산 능선들이 호쾌하게 내려다보여 수행하기에 좋은 곳이었습니다. 노승에게는 몇 명의 제자가 있었습니다. 모두가 수행을 잘하는데, 다만 한 제자가 애를 먹였습니다.

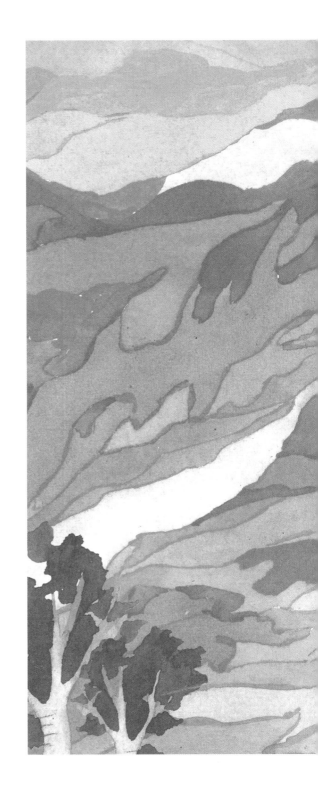

천성이 게을러서 수행은 물론이고 법당 청소도 잘하지 않았습니다. 노승이 청소를 시켜 놓고 법당에 들어가 보면 먼지가 그대로 쌓여 있을 때가 많았습니다. 다른 제자들이 공부할 때도 그 제자만은 잘 보이지 않았습니다.

암자 주위를 돌며 찾아보면 햇볕이 잘 드는 대숲 너머에서 잠을 자고 있거나 강가에서 물고기를 낚고 있었습니다. 노승은 그때마다 야단을 쳤습니다.

"이놈이 이제는 살생을 하는구나."

"아닙니다, 스님. 저는 고기를 잡았다가 다시 놓아주고 있습니다."

"시끄럽다 이놈아. 왜 물고기를 괴롭히느냐? 아직도 인과의 도리를 알지 못했단 말이냐. 네가 지은 업은 반드시 인과응보를 받게 되는 게야. 그게 인과의 도리가 아니고 무엇이더냐."

노승은 그 제자가 뒷방에서 도둑잠 자는 것까지는 용서해 주었으나 물고기 낚는 것을 보고는 암자에서 쫓아 버렸습니다.

그래서 그 제자는 강을 건너 다른 절로 갔습니다. 그러나 그를 기꺼이 받아 주는 절은 아무 데도 없었습니다. 그는 떠돌이가 되어 돌아다녔습니다. 그제야 그는 뼛속 깊이 뉘우쳤습니다.

'나를 받아 주기만 한다면 목숨 걸고 수행해서 반드시 부처님이 되고 말 텐데.'

그는 노승의 암자로 다시 돌아가기 위해 길을 나섰습니다. 그러나 낯익은 마을을 지나칠 때도 그를 반기는 사람은 아무도 없었습니다. 마을은 예전 같지 않았습니다. 공동묘지처럼 괴괴했습니다. 골목 안을 자세히 들여다보니 전염병이 돌아 사람들이 길바닥에 나와 쓰러져 죽어 가고 있었습니다. 악취가 코를 찔렀습니다.

마을의 한 노인이 가까이 오지 말라며 손사래를 쳤습니다.

"오지 마시오. 어서 이곳을 떠나시오. 병에 걸리면 스님도 죽습니다."

노인은 다음 날 스르르 눈을 감았습니다. 제자는 그 노인을 묻어 주었습니다. 뒤늦게 관군이 달려와 죽은 시신과 살아남아 신음하는 사람들을 격리했습니다. 그는 마을을 떠나 강변으로 걸어갔습니다. 예전에는 마을 사람이 서로 나와 긴 삿대를 저어 강을 건너 주었는데 이제는 사람이 없으니 스스로 건너야 했습니다.

암자에 이르러 그는 숨을 가쁘게 쉬었습니다. 다행히 노승은 거지 몰골로 찾아온 그를 따뜻하게 맞아 주었습니다.

"이제 네 잘못을 뉘우치느냐?"

"네, 스님. 허락하신다면 가르침을 받아 반드시 성불하겠습니다."

"좋다. 너를 다시 제자로 받아들이겠으니 예전의 허물을 벗어 버리거라."

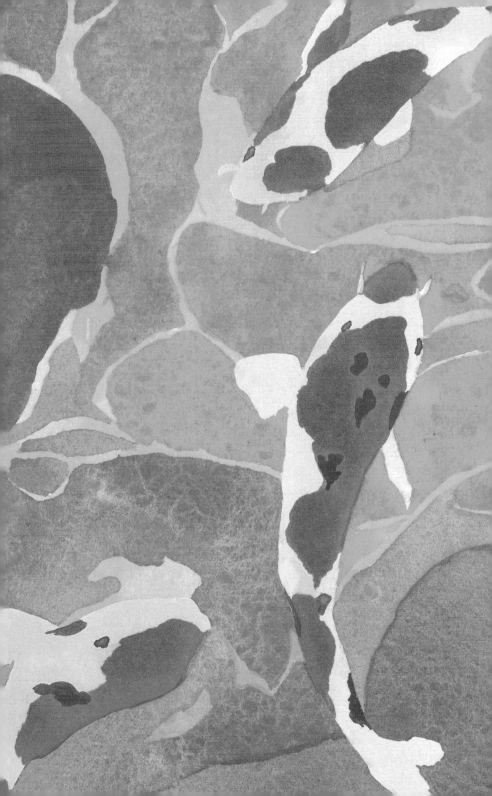

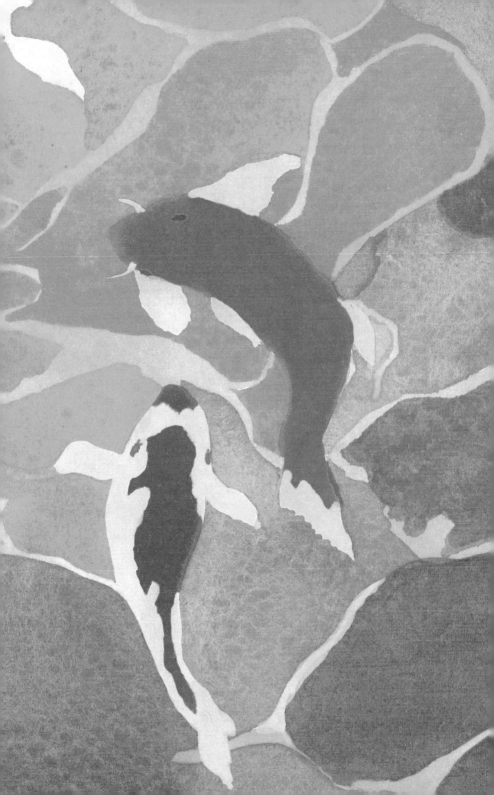

그 제자는 누구보다 열심히 수행했습니다. 새벽 예불도 빠지지 않았고, 공부도 잠을 자지 않고 했습니다. 그러나 그 제자는 얼마 지나지 않아 쓰러졌습니다. 전염병이 돈 마을을 지나올 때 이미 그는 몹쓸 병에 걸렸던 것입니다.

이윽고 그는 죽음을 맞았습니다. 노승은 제자의 시신을 태우고 뼛가루를 강물에 뿌려 주었습니다. 살아서 물고기를 괴롭혔으니 죽어서는 물고기의 밥이라도 되어 잘못을 빌라는 뜻이었습니다.

얼마 후, 노승은 선정에 들어 그 제자가 어디 있는지 살펴
보았습니다. 선정이란 눈을 감고 '마음의 눈'으로 자신과 세상
을 바르게 둘러보는 일입니다. 노승은 수행을 많이 하여 '마음
의 눈'이 열려 있기 때문에 죽은 제자가 어디에 있는지 볼 수
있었습니다.

　'허허, 네가 아니냐? 하필이면 물고기로 태어나다니!'

전염병으로 죽은 제자는 암자 바로 아래의 강물 속에 물고기로 태어나 있었습니다. 한데 물고기의 모습이 이상했습니다. 물고기의 등에 나무 한 그루가 자라고 있었습니다. 물고기는 나무가 자랄수록 등을 짓누르기 때문에 고통스러워했습니다. 물고기는 나무가 무거워 제대로 숨도 쉬지 못했습니다.

'허허. 저놈을 어찌할꼬.'

노승은 물고기가 된 제자를 찾기 위해 강으로 나갔습니다. 나룻배를 타고 강을 돌았습니다. 잠시 후 뱃머리에서 제자의 울음소리가 들려왔습니다. 뱃머리로 다가가자 물고기로 환생한 제자가 말했습니다.

"스님, 계율을 어기고 수행을 잘하지 못한 업보로 이렇게 고통받고 있습니다. 부디 옛 인연을 불쌍히 여기시고 저를 물고기 몸에서 해탈하게 해 주십시오."

　　물고기가 된 제자는 눈물을 흘리며 하소연했습니다. 노승은 그러겠노라고 약속했습니다. 물고기 머리를 쓰다듬어 주었습니다. 암자로 돌아온 노승은 제자들을 불러 모아놓고 천도재를 하루 종일 정성스럽게 지내 주었습니다. 천도재란 좋은 몸으로 태어나 좋은 곳에서 살라고 빌어 주는 제사이지요. 그러자 그날 밤 자정 무렵이었습니다. 노승의 꿈에 제자가 나타났습니다.

　　"스님, 아침에 강변으로 나가 보시면 등에 나무가 자라는 물고기가 죽어 있을 것입니다. 제 등에 난 나무를 베어 물고기 모양으로 만들어 부처님 앞에 매달아 주십시오. 스님들은 저를 교훈 삼아 정진을 더 열심히 할 것이고, 강이나 바다에 사는 물고기들은 저를 두드리는 소리를 듣고 물고기 몸에서 해탈할 것입니다."

노승은 제자의 말대로 나무를 잘라 물고기 형상을 만들어 부처님 앞에 매달았고, 스님들은 그것을 목어(木魚)라고 불렀습니다. 절에 가면 목어가 있는데, 위와 같은 사연으로 태어난 것이랍니다. 목어를 만든 김에 구름 문양이 있는 운판(雲版)도 만들었습니다. 고달프게 날아다니는 새들이 다음 생에는 좋은 몸으로 태어나라고 운판을 만든 것입니다. 스님들이 짐승을 위해 아침저녁으로 북을 치고, 어리석은 사람들을 위해 종을 치는 까닭도 바로 그런 사연이 깃들어 있답니다. 사람은 물론 물고기와 새와 짐승들의 행복을 위해서랍니다.

　훗날 스님들은 또 물고기 모양으로 금속판을 만들어 작은 종에 방울처럼 달게 되었는데, 그것이 바로 오늘날 절의 처마 끝에 매달린 풍경이랍니다.

　어떤 스님은 이렇게 얘기합니다.

　처마 끝에 물고기 모양의 풍경을 매달아 놓은 이유는 밤중에 산새들이 날아와 절 건물에 부딪힐까 봐 미리 소리를 내어 예방하기 위해서랍니다. 자비심을 느낄 수 있는 이야기이지요. 땅 위를 기는 벌레들이 스님들의 발에 밟히지 말라고 지팡이에 방울을 달아 방울 소리를 내며 다니는 것처럼 말입니다.

스님 바랑 속의 동화

초판 1쇄 인쇄 2021년 6월 1일
초판 1쇄 발행 2021년 6월 10일

지은이　정찬주
그린이　정윤경
펴낸이　박찬근
펴낸곳　주식회사 다연
주소　경기도 고양시 덕양구 은빛로 41, 대경 502
전화　070-8700-8767
팩스　031-814-8769
이메일　judayeonbook@naver.com
편집　남은영
표지　강희연
본문　디자인 [연:우]

ISBN 979-11-972921-4-9 (03810)